Cuniçiro Tanizaki (D. 24 Temm

Cuniçiro, varlıklı bir tüccarın oğlu
gesinde dünyaya geldi. Üç erkek
ve rahat bir çocukluk dönemi geçirdi ama 1
minde büyüdüğü ev yıkıldı ki bu da Tanizaki'de ömür boyu sürecek bir deprem korkusuna yol açtı. Depremden sonra Tanizaki ailesinin durumu gittikçe kötüleşmeye başladı ve Cuniçiro da başka bir evde yatılı öğretmenlik yapmak zorunda kaldı. Ekonomik problemlerine rağmen Hibiya Lisesi'ne ve sonra da 1908'de Tokyo İmparatorluk Üniversitesi'nin Edebiyat bölümüne girdi ama üç yıl sonra öğrenim harcını ödeyemediği için okuldan ayrıldı.

Edebiyat kariyerine 1909'da bir dergide yayımlanan tek perdelik bir oyunla başladı. Tanizaki ismiyse 1910'da yayımlanan Şisei adlı kısa öyküyle duyulur oldu. Öykü, vücuduna örümcek dövmesi yaptırdıktan sonra güzelliğini şeytanice kullanmaya başlayan bir kadınla ilgiliydi ve erotizm ile Sadomazoşizm öğeleri içeriyordu. Bu *femme fatale* teması Tanizaki'nin *Şonen, Himitsu* ve *Akuma* gibi erken dönem eserlerinde de sık sık yer buldu. 1915'te evlendi ama bu mutsuz bir evlilikti ve 1920'nin ilk yıllarında eşi, Tanizaki'nin yazar arkadaşı Sato Haruo'yla yakınlaştı. Bunun getirdiği psikolojik stres o dönemki bazı eserlerini etkiledi ve hem kendi hayatından hem de arkadaşlarının hayatından hareketle yazdığı eserler olsa da yazarın eserleri, aynı dönemden birçok Japon yazara göre otobiyografik olmaktan uzaktır.

Tanizaki'nin bilinirliği 1924-25 yıllarında yazdığı, sınıf, cinsel takıntı ve kültürel kimlik meselelerini kurcaladığı romanı *Naomi: Bir Aptalın Aşkı*'yla beraber iyice yükselişe geçti. 1929'da lezbiyenliği işlediği eseri *Manci* yayımlandı ve oldukça ilgi gördü. İkinci Dünya Savaşı'ndan sonra artık Japonya'nın en büyük yazarı olarak anılıyordu. 1964'te Amerikan Edebiyat ve Sanat Akademisi tarafından kendisine fahri üyelik verildi ki bu bir Japon yazara verilen ilk üyelikti. Tanizaki 1965'te, Kanagava'da kalp krizi sonucu hayatını kaybetti.

ithaki

Gündüz Şeytanları
Cuniçiro Tanizaki
Orijinal Adı: 白昼鬼語

İthaki Yayınları - 2704
Japon Klasikleri - 45

Dizi Editörü: *Ömer Ezer*
Yayıma Hazırlayan: *Selnur Güneş*
Düzelti: *Burcu Demirer*
Kapak Tasarımı: *Hamdi Akçay*
Kapak Uygulama: *Mehmet Büyükturna*
Sayfa Düzeni ve Baskıya Hazırlık: *B. Elif Balkın*
1. Baskı, Aralık 2024, İstanbul
ISBN: 978-605-265-501-6
Sertifika No: 63989

İthaki™ İthaki Yayıncılık Basın Sanayi ve Ticaret A. Ş.'nin tescilli markasıdır.
Osmanağa Mah. General Asım Gündüz Cad. Ün Er Tan İş Merkezi
35/1 38 Kadıköy-İstanbul Tel: (0216) 541 03 26
editor@ithaki.com.tr – www.ithakiyayingrubu.com

Kapak, İç Baskı: Deniz Ofset Matbaacılık
Maltepe Mah. Hastane Yolu Sok. No: 1/6, Zeytinburnu-İstanbul
Tel: (0212) 613 30 06 denizmatbaamucellit@gmail.com
Sertifika No: 77699

CUNIÇIRO TANIZAKI

GÜNDÜZ ŞEYTANLARI

Japoncadan Çeviren

Devrim Çetin Güven

ithaki

İrsi bir ruh hastası olduğunu bizzat kendisi söyleyen Sonomura'nın ne kadar hercai, ne kadar sağduyu yoksunu ve ne kadar başına buyruk bir insan olduğunu gayet iyi biliyor, bunu kabullenmiş bir vaziyette sürdürüyordum dostluğumu. Ne var ki o sabah, Sonomura'dan o telefon geldiğinde, hayrete düşmekten alamadım kendimi. Yılın en çok ruh hastası üreten şu yaz mevsiminin haziran ayında ağaçların ve çiçeklerin körpe yeşil yapraklarını vıcık vıcık nemlendiren şu güneşli hava, muhakkak onun beyninde de bir maraza yol açmış olmalıydı. *Zaten öyle olmasa, böylesine garip bir telefon konuşması geçmezdi aramızda* diye düşündüm. Yo, düşündüm demek yanlış olur; onun ruhsal bir hastalığa tutulduğuna sarsılmaz bir biçimde inanmıştım aynı zamanda...

Galiba sabah 10 sularında gelmişti telefon.

"Hah! Takahaşiciğim sensin, di mi?"

"Alo"mu işitir işitmez adeta üstüme çullanırcasına böyle demişti Sonomura. Bu hâlinden anlamıştım aşırı heyecanlı olduğunu.

"Sana zahmet, eziyet olacak ama derhal bana gelsene ya... Bugün sana mutlaka göstermek istediğim bi' şey var da..."

"Valla, *inceliğin için eksik olma da (!)*, bugün mümkünatı yok gelemem. Bi' dergi benden hikâye istemişti; ne yapıp edip bugün öğleden sonra ikiye dek yazıp bitirmem gerek o metni. Dün bütün gece onunla uğraşarak sabahladım."

Yo, martaval falan değildi bu. Gerçekten de dün geceden Sonomura'nın telefonuna dek, gözüme bir damla uyku girmeksizin dolma kalemim elimde sabahı etmiştim. Her ne kadar boş gezenin boş kalfası bir beyzade olduğunu bilsem de müsait olup olmadığımı düşünmeden, *sana bi' şey göstereceğim, atla gel* diye buyurması pek bencilce, pek şımarıkça bir tutum olduğundan attırıvermişti tepemin tasını işte.

"Demek öyle... Pekâlâ, hemen şimdi gelmesen de olur, öğleden sonra 2'ye dek yazını bitirir bitirmez, çabucak atla gel; üçe kadar bekliyorum seni!"

İyiden iyiye sinirime dokunmaya başlamıştı bu ısrar.

"Yok kardeşim, bugün imkânsız; az evvel de söylediğim gibi çalışarak sabahladığımdan ötürü yoruldum, bitap hâldeyim; yazmayı bitirince önce küvete girip sıcak suda bi' ferahlayacağım, akabinde de vurup kafayı yatacağım. Ne göstereceksen yarın gösterirsin sana zahmet!"

"Lakin bugün olmazsa göremeyiz ki! Neyse ya, sen namüsaitsen n'apalım, tek başıma giderim ben de..."

Böylece cümlesini yarım bıraktıktan sonra Sonomura aniden ses tonunu düşürüp fısıldarcasına şunları söyledi:

"Aslında var ya, bu fevkalade gizli bi' bilgi, aramızda kalsın o yüzden; birilerinin kulağına giderse başımıza iş alırız valla... Diyeceğim şu ki bu gece saat bir sularında Tokyo'nun bir semtinde bir suç eylemi, daha doğrusu cinayet sahnelenecek. Şimdi hazırlanıp seninle o olayı seyretmeye gitmek istiyorum, ne dersin?"

"Ne sahnelenecekmiş ne?"

"Bi' cinayet... Bi' ***murder****... Bi' *cürm-ü katl* işlenecek senin anlayacağın."

"İyi de bunu sen nerden biliyosun? Ve kim kimi öldürecek?"

Gayriihtiyari sesimi yükseltip böyle haykırdıktan sonra ürkek ürkek etrafıma baktım. Bereket versin ki ailemden kimse işitmemişti söylediklerimi.

"Hop, n'apıyosun sen ya! Bak öyle telefonda avaz avaz bağırırsan başımıza bela açarsın! Neyse, kimin kimi öldüreceğini ben de bilmiyorum. Fakat şu kadarını söyleyeyim: bi' şekilde, bu gece, belli bi' yerde, bi' insanın başka bi' insanın canına kıyacağının *kokusunu aldım*. Bu işle en ufak bi' alakam olmadığından bu işi önlemek veya ihbar etmek gibi bi' mecburiyetim de yok üstelik! Sadece olayla ilgili şahıslara çaktırmadan, gizlice o manzarayı temaşa etmek istiyorum. Sen de benimle gelirsen, yüreğim daha bi' güçlenir, daha emniyette hissederim kendimi. Hem böyle bir şey hikâye yazmaktan daha ilginç olmaz mı?

Bu sözler ağzından fısıldarcasına dökülürken Sonomura'nın sesi garip şekilde sakin ve pesti.

Lakin o ne kadar sakinse ben de o kadar gergindim; ruhsal durumundan şüphelenmeye başlamıştım zira. O kadar ki izahının ortalarından itibaren şiddetli bir çarpıntının tetiklediği dehşet hissi ve ürpertinin tüm bedenime dalga dalga yayıldığını hissediyordum.

---

* "Cinayet" anlamında. Özgün Japonca metinde de İngilizce. *–çn*

Bu kadar budalaca bir şeyi nasıl böyle ciddi ciddi anlatabiliyosun ya! Kafayı mı yedin sen?

Evet, böyle çıkışacaktım ama bunları söyleyecek cesaretim kalmamıştı ki! Zira bu şekilde aklını kaçırmış olması karşısında pek bir kederlenmiş, korkmuş, üstelik muazzam derecede hayrete düşmüştüm.

Parası ve boş zamanı bol olduğundan sefih bir yaşam süregelmiş olan Sonomura, artık *sefa pezevenkliği* tarzındaki hayatından sıkılmış, bu kez de kendini *hareketli resimlere** ve hafiye romanlarına kaptırmıştı. Sabahtan akşama kadar bunların etkisiyle acayip hayallere dalıp gitmiş, bu hayaller birikmiş de birikmiş, sonunda aklını yitirmiş olmalıydı. Böyle düşününce hakikaten tüylerim diken diken oldu. Üstelik benim dışımda ne dost demeye yaraşır bir ahbabı ne ebeveyni ne de karısı olan ve on binlerce yenlik servetiyle yapayalnız günler, aylar geçiren bu adam gerçekten aklını kaçırdıysa, benden başka kendisine bakacak hiç kimsesi yoktu. O hâlde duygularını tahrik etmemek maksadıyla işim biter bitmez ziyarete gitmeliydim onu.

"Öyle bi' şey söz konusuysa, ben de seninle gelip görmek isterim; mutlaka bekle beni, e mi? Saat ikide yazmayı bitirip üçe kadar sana gelebileceğimi sanıyorum fakat duruma göre yarım saat-bir saat gecikebilirim. Ben gelene kadar mutlaka bekle beni, tamam mı? Bak, muhakkak bekliyosun beni, ona göre ha!"

Her şeyden ziyade evden tek başına fırlayıp başına bir iş açması fikri kaygılandırıyordu beni.

---

* Yazar burada günümüzdeki "sinema" veya "film" teriminin Japonca eski söylenişi olan ve "hareket eden, oynayan resim" anlamına gelen *katsudō-şaşin* (活動写真) ibaresini kullanmış. Bu ibare sonradan *movie*'ye evrilecek olan İngilizce *moving picture* ve *motion picture*'ın Japoncalaştırılmış hâlidir. *–çn*

"Anlaştık, di mi? En geç dörde kadar muhakkak geleceğim; o yüzden evden çıkma, beni bekle, e mi? Bana bak, anlaştık di mi, bekliyosun beni?"

Böylece tekrar tekrar telkinde bulunup teyidini aldıktan sonra kapattım ahizeyi.

Ama, sizlere samimi bir itirafta bulunayım: o telefonun ardından öğleden sonra ikiye dek masaya abanıp henüz tamamlanmamış hâldeki metin taslağının üstüne düşüncelerimi yoğunlaştırmaya gayret ettiysem de kafamın içi karman çorman olduğundan dikkatim bambaşka ara sokaklara sapıveriyordu. Elden ne gelir, sırf sayfayı doldurmak maksadıyla kendimden geçmişçesine çalakalem, ipe sapa gelmez cümleler yazdım durdum.

Bir zırdeliye hasta ziyaretinde bulunmak... Bunun, Sonomura'nın yegâne arkadaşı konumundaki benim vazifem olduğunu düşünsem de aslını isterseniz içim hiç de rahat değildi. Bunun birinci sebebi, ona *hasta ziyaret*inde bulunacak vasıflara sahip olmamamdı; zira ben de ruhsal olarak sağlıklı bir insan değildim. Böyle *kafadan sakat* birinin dostu olan şahsım da her yılın bu döneminde, yani ağaçların yeşillendiği şu zamanlarda, mutlaka ve istisnasız şekilde ağır bir bunalım geçirirdim. Üstelik bu sene de o *depresyon* illetine kapıldığıma dair belirtiler gösteriyordum. Üstüne üstlük kalkıp bir zırdelinin ziyaretine gittiniz mi ne vakit bu marazın size bulaşacağını kestiremiyordunuz— *mumya avcısının bizzat mumyaya dönüşüvermesi* her zaman ihtimal dahilindedir sonuçta... Veyahut Sonomura'nın bu akşam infaz edileceğine inandığı cinayet vakası gerçek olsa dahi; bu kadar aptalca bir şeyin gerçek olmasına imkân yoktu tabii— onunla o olayı görmeye gidecek merakım da cesaretim de yoktu zerre kadar. Cinayet sahnesine şahit olursam, Sonomura'dan önce bizzat şahsımın delirivermesi işten bile değildi hem. Neticede yine de arkadaşı olmaktan kaynaklanan ahlaki sorumluluğumun ağırlığını hissederek, istemeye istemeye de olsa Sonomura'nın hastalık durumunu gözlerimle görmek için ona *hasta ziyareti* yapmaya karar verdim. Hem başka ne yapabilirdim ki?

Metin tamamlandığında saat tam ikiyi on geçiyordu. Normalde böyle sabahladığım günlerde bitkinliğim *sayesinde* en azından akşama kadar derin bir uyku çekerdim ama gerek saat dörtteki buluşma vakti yaklaştığından gerekse müthiş gergin bir vaziyette oluşumdan ötürü bir dirhem uykum yoktu. Cesaretlendirip yüreklendirmesi için bir kadeh şarap yuvarladım, bu sene ilk defa giydiğim koyu lacivert yaz *kimono*mu üzerime geçirip kendimi dışarı attım ve Yukarı Hakusan İstasyonu'ndan Mita istikametine giden trene bindim.

Trende sarsıla sarsıla giderken ansızın korkunç ve acayip bir düşünceye kapıldım: Az evvel Sonumura'nın telefonda anlattıkları belki de tamamen yalan değildi! Bu gece kentin bir yerlerinde bir cinayet işlenecek olması en azından Sonomura için öngörülebilir bir şeydi belki. Üstelik bu öngörüsünün hedefi on ikiden vurduğunu görmesi için *birine* ihtiyacı vardı; dolayısıyla mutlaka ve mutlaka kendisine eşlik etmem gerektiğini düşünüyordu. Onun için beni suç mahalline davet etmesi elzemdi. Diyeceğim o ki Sonomura beni, şu naçiz bendenizi kendi elleriyle katletme niyetinde olamaz mıydı? *Sana bir cinayet manzarasını göstereceğim.* Böyle diyerek beni oraya çekecek ve oracıkta kendi elleriyle bana kıymak suretiyle sahneleyecekti o manzarayı... *Kendi ölüm manzaramın* seyircisi olacaktım yani belki de... Evet, epey uçuk kaçık, hatta gülünç olabilirdi fakat bunun hiçbir makul temele dayanmayan bir tahmin olduğu da suret-i katiyede söylenemezdi. Elbette böylesi bir muameleyi hak edecek denli zalimce ona eziyet ettiğime veya onu şu ya da bu şekilde mağdur ettiğime dair bir şey hatırlamıyordum. Bana kin duymasına bir sebep bulunmadığına, herhangi bir şekilde yanlış anlaşılacak hiçbir davranışım da olmadığına göre aklıselim bir yargıda bulunursak beni öldürmesi için en ufak bir gerekçesi bile yoktu. Sonomura'nın delirdiği ve böylece her türlü davranışının mubah hâle geldiği göz önüne alındığında, kim öngörülerimin uçuk kaçık olduğunu söyleyebilirdi ki? Abes hafiye veya suç romanlarını okumaya kendini kaptırıp aklını kaçıran bir insanın aniden yakın bir dostunu katletmek ister hâle gelmesini kim anormal bir şey diye yadırgardı ki? Anormal olması bir yana, en olması muhtemel bir durum değil midir sizce de?

Birazdan trenden inecektim. Alnıma boncuk boncuk soğuk terler vantuz gibi yapışmıştı; o kadar ki kalbim adeta kan pompalamayı kesmişti. Ve akabinde başka bir dehşet hissi dev tsunami dalgaları misali göğsüme hücum etti.

Böylesine zırva kuruntulara tevessül ettiğime göre belki bizzat kendim de kafayı yemiş olamaz mıyım? Az evvel telefonda konuştuğum Sonomura'nın deliliği, anında bana bulaşmış olamaz mı?

Bu yeni vesvesem, öldürüleceğim yönündeki evvelki tahminime göre çok daha fazla hakiki göründüğünden ziyadesiyle ürkütmüştü beni. Deli olduğumu düşünmek istemediğim için önceki kuruntularımı cebren beynimden silmeye çalıştım.

Ne diye bi' ahmağın bile umursamayacağı şeylere kafayı takıyorum ki? Sonomura daha demin, bu akşam işlenecek suçla alakasının olmadığını, mücrimin de, yani failin de kurbanın da kim oldukları konusunda en ufak bi' fikrinin olmadığını söylemedi mi? Sadece bi' şekilde bi' cinayetin sahneleneceğinin kokusunu aldığını söylemedi mi? Eğer bunlar doğruysa beni öldürmek gibi bi' niyeti yok demektir. Kesin, çıldırdığı için sanrısının gerçek olduğuna inanıyo ve onu benimle görme isteğine kapıldı. Evet, böyle bi' yorum gerçeğe çok daha uygun olmasına rağmen ne diye öldürüleceğime dair saçma sapan tahminlerde bulundum ki? Hakikaten çok budalaca...

Böyle mırıldanarak kendi sinirsel zaaflarımla alay ettim.

Ne var ki O-Narimon'da trenden inip Sonomura'nın ikametgâhına gelene değin, henüz onunla buluşma kararını tam olarak almış da değildim hani... Evinin yanından geçip Zōcō Budist Tapınağı'nın Sanmon ile Daimon kapıları arasında iki-üç kez mekik dokuyarak epey tereddüt ettikten sonra *n'olacaksa olsun* diye gözümü karartıp yöneldim Sonomura'nın evine.

Görkemli süs eşyalarıyla donatılmış *garp salonu*nda* bulunan çalışma odasının kapılarını açınca, Sonomura'nın endişeli bir vaziyette odanın içinde volta atarak sinirli hareketlerle şöminenin üstündeki rafta bulunan masa saatine bakmakta olduğunu gördüm. Şaşırtıcı bir isabetlilikle dakiktim: saat tam dördü gösteriyordu. Batılı kıyafetlere son derece uygun bir bedene sahip olan arkadaşım fiyakalı siyah ceketinin altına havalı bir pantolon giymiş, kravatına

* Garp salonu (*seiyo-ma*, 西洋間): Geleneksel mimariye sahip Japon evlerinde, özellikle 1868 Meiji Restorasyonu sonrasında yaygınlaşan Batı usulü döşenmiş oda. –*çn*

İskender taşından kravat iğnesi takmış, böylece dışarı çıkma hazırlıklarını eksiksiz şekilde tamamlamış hâldeydi. Bir mücevher âşığı olan bu adamın hafifçe titrek gibi görünen çelimsiz, cılız parmaklarında inci ve deniz yeşili zümrütle kaplı bir yüzük parıldarken, boynundan göğsüne uzanan altın kolyenin ucunda da böceklerin göz yuvarlarını andıran bir turkuaz taşı sallanıyordu.

"Şu an saat tam dört, aferin lan, tam zamanında geldin valla!"

Böyle söyleyerek benden yana dönen arkadaşımın yüzünde, her şeyden çok gözbebeğinin rengini dikkatle inceledim. Fakat gözbebekleri *mariz*, delimsi bir parıltı barındırıyor gibiydiyse de içlerinde öyle, o zamana kadarkinden farklı bir hırçınlık veya celallenme belirtisi de yoktu hani...

Bunun üzerine biraz rahatladım, odanın bir köşesindeki sallanan ferah koltuğa oturup yayılarak, "Ya kardeşim, senin az evvel anlattığın hikâye sahi mi be?" diye mahsustan kendime sakin bir hava verip sigaramdan bir fırt çekerek sordum.

"Sahi yahu! Çok sağlam kanıtlar geçti elime zira."

Böyle cevap verdi Sonomura kendinden emin bir edayla odada bir aşağı bir yukarı volta atmayı sürdürerek.

"Ya kardeşim, öyle tedirgin tedirgin odanın içinde dolaşmayı bırakıp kıçının üstüne otur da bana şunu bi' sakin sakin anlat bakayım. Sonuçta cinayetin bu gece yarısı işleneceğini söylemedin mi? Ee daha ne? Şimdiden alelacele cürüm mahalline gitmenin âlemi yok, di mi?"

Evvela suyuna giderek sinirlerini adım adım teskin edeyim diye düşünmüştüm.

"Ya, kanıtım varsa da müstakbel cinayet mahallinin

neresi olduğunu tam olarak tespit edemedim. O sebepten hava kararmadan gidip yeri bi' kolaçan etmemiz lazım. Öyle tehlike arz edecek bi durum olacağını sanmam ama bana refakat eder misin sana zahmet olmazsa?"

"Hayhay kardeşim! Ben de zaten o niyetle geldim; beraber gidebiliriz, o konuda sorun yok ama yer tespit etmek için bi' *ipucu* yoksa bulmak çok zor olmaz mı?"

"*İpucu* var yahu; tahminlerime göre suç mahalli kesinlikle Mukōcima."

Sonomura bunları söylerken delilleri elde etmiş olmaktan ötürü müthiş derecede neşeliydi; her zamanki o keyifsiz, aksi adama hiç mi hiç benzemiyordu. Voltasının temposunu giderek daha fazla hızlandırarak odayı adımlıyor, sorularıma neşeli bir edayla karşılık veriyordu.

"Mukōcima olduğunu nasıl anladın ki?"

"Onu bilahare bütün ayrıntısıyla açıklayacağım, merak buyurma; hadi şimdi bi' an önce çıkalım. Cinayet görmek gibi bi' fırsat gelmez bi' daha; kaçırırsak çok yazık olur!"

"Eh, yeri de biliyosan o kadar acele etmemize gerek yok be kardeşim. Bi' taksiye atladık mı Mukōcima'ya yarım saatte rahat rahat gideriz. Üstelik artık günler de uzadığından havanın kararmasına daha iki-üç saat var. Şimdi çıkmadan evvel bana bi' anlat hele. Anlatmadan beni oraya götürürsen bu iş sade senin için eğlenceli olur, benim için hiç mi hiç zevkli olmaz."

Ortaya koyduğum mantık, sağ duyusunu, hatta belki de aklını yitirmiş olan Sonomura'ya da makul gelmiş olsa gerek, kafasını hafifçe emme basma tulumba gibi sallayarak *hımm hımm* diye bana katıldığını gösterdikten sonra, "O hâlde basitçe anlatayım," diye yine saate bakıp ekşi, hevessiz bir çehreyle karşımdaki koltuğa bırakıverdi kendini. Akabinde ceketinin iç cebine elini soktu ve oradan kırış buruş Batı tarzı bir kâğıt parçası çıkararak mermer sehpanın üzerine yaydı.

"Kanıt dediğim aha bu kâğıt. Evvelki akşam hiç tahmin edemeyeceğin bi' yerde elime geçti: burda yazılı olan karakterleri muhakkak bi' yerlerden gözün ısırıyodur."

Böyle dedi ve gizem dolu bir bilmece sormuşçasına çok acayip ve insana huzursuzluk veren bir sırıtış takınarak gözlerini ayırmadan süzdü beni.

Kâğıdın bir yüzünde kurşun kalemle matematik formülleri gibi birtakım işaretler ve sayılar birbirine karışmış hâldeydi:

6 *; 48*634; ++ 1 ; 48+85; 4++ 12 ? + + 45..........

Bu gibi şeylerin iki üç satır boyunca yan yana dizildiği notu elbette gözüm bir yerlerden falan ısırmıyordu ve hâliyle ne anlama geldiği hakkında da en ufak bir fikrim yoktu. O ana kadar Sonomura'nın ruhsal durumundan tam emin değildim, *belki delirmemiş de olabilir* şeklindeki müspet ve iyi bir olasılığı da barındırıyordu şüphelerim; ne var ki bir yerlerden bulduğu böyle bir kâğıt parçasını müstakbel bir suçun kanıtı olduğuna kendini inandırmış hâlini gördüğümde, zavallı arkadaşımın aklını kaçırdığına dair en ufak bir kuşkum bile kalmamıştı.

"Ne menem bi' şey bu? Bana bi' şey çağrıştırdığı falan da yok bunların ama sen okuyabiliyor musun bu simgeleri?"

Bembeyaz kesilmiş bir benizle ve sesim titreyerek söylemiştim bunu.

"Bi' de edip olacaksın! Cahilin tekisin be sen!"

Bu çıkışından sonra Sonomura aniden bir jimnastikçi

misali köprü kuracakmışçasına gövdesini arkaya doğru bükerekten esaslı bir kahkaha patlattı. Ardından da güya bahsettiği konuda kimse eline su dökemezmiş, engin bir müktesebata sahipmiş ve bununla da gurur duyuyormuş gibi bir tonda şöyle devam etti anlatmaya:

"...Sen Poe'nun yazdığı öykülerin en meşhurlarından olan *THE GOLD BUG*[*] denen hikâyeyi okumamış mıydın? Okumuş olsaydın burada yazılı şifrelerin manasını anlamaman imkânsızdı."

Efendim, ne yazık ki Poe'nun sadece iki üç yapıtını okumuşumdur. *DI GOLD BAG*[†] başlıklı ilginç bir hikâyesinin olduğunu işitmiştiysem de nasıl bir olay örgüsüne sahip olduğundan bihaberdim.

"Öyküyü bilmiyosan işaretlerin manasını anlamaman gayet normal... Öykünün şöyle bi' olay örgüsü var:

"Bi' zamanlar Kidd adında bi' korsan varmış; Amerika'nın güneyinde, Carolina Eyaleti'ndeki bir yere, zamanında gasp etmiş olduğu altın, gümüş, mücevher ve bilumum değerli taş ne varsa defnetmiş; o yerin konumunu işaretlemek için de şifreli harflerden bi' tezkere yazmış. Ne var ki sonradan Sullivan diye bi' adada ikamet eden William Legrand diye bi' adam tesadüfen o tezkereyi eline geçirmiş ve şifreli karakterleri çözüp okumayı başarınca fevkalade isabetli şekilde definenin yerini bulmuş. Nihayetinde kazıp çıkarmış defineyi.

"Olay örgüsü aşağı yukarı böyle; bu hikâyenin en ilginç

---

* "Altın Böcek": Poe'nun 1843 tarihli meşhur polisiye öyküsüdür. Sonomura burada öykünün İngilizce özgün başlığını kullanıyor. *–çn*

† Tanizaki anlatıcısını konuştururken öykünün İngilizce başlığını Sonomura'da yaptığı gibi doğrudan İngilizce olarak (*The Gold Bug*) değil, başlığın Japonca telaffuzunu (*Ze-Gorudo-Baggu*, ゼ・ゴルド・バッグ) *katakana* yazısıyla ifade etmeyi tercih etmiş. Bu da anlatıcının okurla daha samimi bir ilişki kurmakta olduğunu gösteriyor. *–çn*

yeri Legrand'ın şifreli karakterleri çözme yöntemini bulma sürecidir. Yazar bunu epey etraflıca ve tafsilatlı bi' şekilde açıklar. İşte benim dün gece elime geçen bu kâğıt parçasında da bariz olarak o korsanın şifreli karakterleri kullanılmış. Bi' yerde bu kâğıdın yere atıldığını görür görmez bunun ardında kirli bi'planın, bi' kumpasın, hatta bi' suçun gizlenmekte olabileceğini düşünmeden edemediğimden ötürü üşenmedim, onu yerden alıp yanımda getirdim."

Hikâyeyi okumamış olduğum için Sonomura'nın izahının nereye kadar akla yatkın olduğunu kestiremiyordum. O yüzden şimdilik onun o üstün zekâsı ve *total recall* tarzı fotoğrafsal hafızasına teslim olmaktan başka çarem yoktu.

"Hımmm... Bak şimdi epey ilginç hâle geldi bu olay. Bu arada o kâğıdı nerede bulup getirdin sen bakayım?"

Minik çocuğunun anlattıklarını şefkatle dinleyen bir anne edasıyla bunları söyleyerek suyuna gittim. Buna rağmen yüksek tahsilli birinin aklını kaçırıp eğitimsiz birini huzursuz etmesi kadar insanın elini ayağını dolaştıran bir şey daha yoktur. Kendi kendime *Du' bakalım şimdi neler zırvalayacak* diye düşünerek söylediklerini dinlemeye koyuldum:

"Bu kâğıdı buluşum şu sırayla gerçekleşti:

Evvelki akşam saat 7 sularında, her zaman olduğu gibi tek başıma Asakusa'da, Park Kulubü'ndeki özel koltuklardan birinde oturmuş *hareketli resim* izlemekteydim. Bildiğin gibi önden iki-üç sıra, kadın-erkek karışık oturulabilen koltuklardan ibaretken arkadaki sıralar tamamen erkeklere ayrılmıştır. Vakit cumartesi akşamı olduğundan salona girdiğimde ikinci kat da aşağısı da tıklım tıklım doluydu. Nihayet erkek koltuklarının en ön sırasının ortalarında bir boş koltuk görmüş ve hemen koşup o koltuğu kapmıştım. Yani bulunduğum yer, erkek koltuklarıyla kadın-erkek karışık koltukların tam sınırında olup önümdeki sırada çok sayıda bay-bayan yan yana oturmuştu. İlkin önümdeki koltuklarda sıradışı bir şey gözüme çarpmadı. Fakat bir süre sonra tuhaf bir olayın burnumun dibinde cerayan etmekte olduğunu keşfedince, *hareketli resmi* bir kenara bırakıp tüm dikkatimi o olaya yönelttim. Kaşla göz arasında önümdeki koltuklara iki erkek ve bir kadından mürekkep bir grup oturmuştu. Birkaç dakika içinde iğne atsan yere düşmeyecek denli tıklım tıklım dolmuştu salon. O kadar ki birinci sınıf koltuk sıralarında bile ayakta seyredenler vardı. Üstelik onların arada boşluk bırakmayacak denli sık aralıklarla dikilmelerinden ötürü ortalık daha bir zifiri karanlık olmuştu.

"O yüzden o üçünün hâllerini ve çehrelerini göremesem de içlerinden birinin uzun saçlarını topuz yapmış bi' hanfendi, diğer ikisininse erkek olduklarını arkadan görünüşlerinden çıkarmıştım. O hanfendinin saçlarının insana nemli bir hararet hissi verecek denli gür olmasından epey genç olduğunu tahmin edebiliyodum. Erkeklerden biri saçlarını tam ortasından muntazaman ikiye ayırmış, diğeriyse yanları ve arkaları iyice kısa, üstleri ise azıcık kısa fakat dik duracak şekilde, yani *alabros tıraşı* şeklinde kestirmişti.

"Dizilişleri ise şöyleydi:

-En sağda saçlarını topuz yapmış kadın,

-Onun solunda saçını ortadan ikiye ayırmış adam,

-Onun solunda ise *alabros saç tıraşlı* adam vardı.

"Bu sırayla oturmuş olmalarından sağda oturan kadının ortadaki adamın nikâhlı eşi yahut sevgilisi ya da en azından sıkı fıkı münasabeti olan bi' hanfendi olduğunu, solda oturan alabros saç tıraşlı adamınsa ortadaki adamın arkadaşı olduğunu tahayyül edebildim... Herhalde bu tahayyülün yanlış olmadığına katılıyosundur sen de... Böyle bi' durumda bu kadının iki adamla eşit mesafeli ilişkisi olsaydı muhakkak ikisinin ortasına otururdu ya da adamlardan hangisi kadınla daha derin bi' ilişki içindeyse, o mutlaka diğer adamla kadının arasına yerleşirdi... Söylesene katılıyosun bana, di mi?"

"Bittabi, ondan şüphem yok da kadının mahrem ilişkilerine kafayı fena takmışsın be kardeşim!"

Herkesin rahatlıkla kestirebileceği bir şeyi bir *zehir hafiye* ağzıyla kasım kasım kasılarak anlatması bana fazlasıyla gülünç gelmişti.

"Yok, anlamadın sen, o ilişki bu hikâyede can alıcı bi' öneme sahip. Zaten az önce tuhaf olay dediğim şey bununla doğrudan alakalı: demem o ki kadın ile en solda oturan alabros saç tıraşlı adam, ortadaki adama çaktırmadan adamcağızın koltuğunun arkasından el ele tutuşmuş, garip bazı işaretler yoluyla iletişiyorlardı. Evvela kadın adamın elinin arkasında parmağının ucuyla bi' şeyler yazıyo, akabinde de adam kadının elinin arkasına cevap niteliğinde bi' ileti yazıyodu. İkisi uzunca bi' müddet, durmaksızın bu işi sürdürdüler."

"Pekâlâ... Görünen o ki kadın yanındaki adama çaktırmadan bi' buluşma ayarlıyo. Fakat bunlar toplumda sıklıkla vuku bulan olaylardır, tuhaf olduğunu söylemek biraz abartı olur."

"... Ne yapıp edip o yazılanları okumak istediğimden gözlerimi ayırmadan ikisinin parmak hareketlerini izlemeye başladım."

Sonomura, takılmalarım, gırgır geçmelerim kulağından içeri girmiyormuşçasına, daha bir şevkle konuşmayı sürdürüyordu; adeta kendi kendiyle söyleşir gibi...

"...Elleri şüphesiz son derece basit hatları olan karakterler çiziyodu. *Katakana** karakterlerini kullanarak muhabbetlerini sürdürdüklerini keşfetmekte hiç zorlanmadım; üstelik ortadaki adam tam karşımda oturduğundan, diğer ikisi de sağ ve sol çaprazlarımda bulunduklarından olay tam burnumun dibinde cereyan ediyordu. Ne diyodum... Ben *katakana* vasıtasıyla iletiştiklerini anladıktan hemen sonra kadın bi' kez daha adamın elinin üstünde işaret parmağını kalem niyetine oynatmaya başlamıştı. Gözbebeklerim, soğururcasına kadının görünmez izler bırakan parmak izlerini takip ediyodu. O esnada okuyabildiğim görünmez ileti şu dört kelimeden ibaretti:

İLAÇ OLMAZ, URGAN OLSUN!

"Üstelik bu karakterleri adam anlayamamış olsa da kadın iki-üç defa nazikçe yeniden yazarak mesajını iletmekte ısrar etti. Adam nihayet yazılanların manasını idrak edince derhal kadının elinin sırtına şöyle yazdı:

NE ZAMAN UYAR SANA?

"Kadın bunu şu sözlerle onadı:

İKİ ÜÇ GÜN İÇİNDE.

"Tam o esnada ortadaki adam tesadüfen arkaya doğru gerinince sevgililer hemen ellerini çekip hiçbi' şey olmamış

---

* Bir hece yazı sistemi olan *katakana* =片仮名 ya da カタカナ, kanji karakterlerinin basitleştirilmesi ve her biri bir heceyi ifade eden karakterlere dönüştürülmesiyle oluşmuştur. Yabancı kökenli sözcükleri ifade etmekte, Çince kökenli kanji karakterlerinin telaffuzlarını göstermede ve vurgulama amacıyla kullanılan köşeli biçimlere sahip harflerden (カタカナ gibi) ibarettir. *–çn*

gibi çehrelere bürünerek güya dev ekrandaki *hareketli resim* seyranına kendilerini kaptırmış gibi yaptılar. Gizli irtibatları maalesef böylece sonlanmış olsa da *İLAÇ OLMAZ, URGAN OLSUN!* şeklindeki on dokuz karakterden ibaret mesaj nihai tahlilde neyi ima ediyordu acaba? İletişmeleri *NE ZAMAN UYAR SANA?* sualine *İKİ ÜÇ GÜN İÇİNDE* şeklindeki cevaptan *ibaret olsaydı bi' gizli kaçamak için sözleştikleri tahmin edilebilirdi ama İLAÇ ve URGAN*'ın gizli kaçamakta kullanılacak şeyler olmadığı su götürmez; dolayısıyla kadın o adamla bariz biçimde korkunç bi' suç eylemine dair istişarede bulunuyo olmalıydı. *ZEHİRLEMEKTENSE URGANLA* ... diye bi' ifadeydi kadının adama gönderdiği."

Sonomura'nın izahını ruhsal durumunu bilmeyen biri dinleseydi hakiki olduğuna rahatlıkla ikna olurdu; zira fevkalade düzgün, başı sonu belli, makul ve mantıklı bir yörüngede seyreden bir konuşma tarzıyla anlatıyordu. Ben bile boş bulunup *Yapma be, harbi mi yahu!* diyecek, oltaya gelecektim az kalsın. Fakat şöyle bir enine boyuna düşününce ortalık zifiri karanlık olsa dahi, onca insanın ortasında *katakana* yazısıyla cinayet istişaresi yapacak kadar kafasız insanların şu dünyada varolması hiç de inandırıcı değildi. Sonomura muhakkak bir nevi sanrının tutsağı olmuş, aslında farklı bir şey yazılmış olmasına rağmen mesajı kendi kafasına göre çarpıtmış olsa gerekti. Aklımdan *İki kelamla şunun yanılgılarını çürüteyim de görsün gününü,* diye geçirdiysem de çılgınlığın hangi raddeye kadar ilerleyeceğini görmek çok daha fazla ilgimi çektiğinden kasten, tek kelime etmeden uslu durmaya zorladım kendimi.

"...Hâl böyleyken dehşete düşmek bi' yana olayı ilginç bulmaya başladım, ansızın ne yapıp edip onların gizli konuşmalarını öğrenmek hevesine kapıldım. Derken bi' süre sonra, o vaktin *eşref saati* olduğunu düşünmüş olacaklardı ki kadınla adamın elleri koltuklarının arkasından yine peyderpey birbirine doğru uzanıverdi. Fakat bu kez kadın, avucunun içinde yuvarlayıp top hâline getirdiği kâğıt parçasını adamın avucuna aktarmakla yetindi ve yine her ikisi ellerini geri çekiverdiler. O capcanlı manzarayı seyrederken kâğıt parçasında yazılı içeriğe erişmeyi nasıl arzuladığımı muhtemelen sen bile tahayyül edebilirsin... Adam kâğıt parçasını aldıktan sonra muhtemelen okumak maksadıyla derhal kendine helaya gidiyormuş gibi bi' hava vererek oradan uzaklaştı ama beş dakikaya varmadan döndü. O kâğıt parçasını da geviş getirircesine ağzında iyice çiğnedikten sonra sümüklü bi' peçeteyi atarcasına fevkalade özensizce koltuğunun arkasına, yani tam da benim ayağımın dibine fırlattı. Ben de hemen ayağımla üzerine basıverdim."

"Ama herif de pek yürekli bi' tipmiş ha! Helaya gittiyse kenef deliğine atıp gelseydi ya..." diye tepkimi belirttim yarı alaycı bir edayla.

"Orası bana da garip geldi ama *farz-ı muhal* heladayken atmayı unuttu, dönünce de aniden hatırlayıp oracığa atıverdi... Olamaz mı böyle, ha ne dersin? Üstelik böyle şifreyle yazılmış olduğundan nereye atarsa atsın bi' sorun çıkmayacağına kani olmuş olsa gerek. O şifreleri sökebilecek bi' babayiğidin burnunun dibinde hazır ve nazır beklediği nereden aklına gelsin ki herifçioğlunun, di mi ama..." bunları söyleyip tatlı tatlı sırıttı.

Saat tam beşi vuruyordu ama bereket versin ki Sonomura fark etmedi bunu, çünkü adamakıllı aşka gelmiş, kendini fazlasıyla anlatmakta olduğu hikâyeye kaptırmıştı.

"*Hareketli resim* gösterisi bitip de ortalık aydınlandığında üçüne de şöyle alıcı gözüyle iyice bakacaktım ama maalesef o kadar durmadılar. Alabros saç tıraşlı adam elindeki kâğıt parçasını attığında kadın yapmacık şekilde içini çekti; ortadaki adama *sıkıldım yaa hadi çıkalım* gibilerinden bi' şeyler söyleyip kalkmaları için ısrar ediyo gibiydi. Tüm tatlılığını takınıp adama hem sırnaşıyo hem de nazlanıyomuş gibi şımarık ve inatçı bi' hâli vardı. Kadın böyle söyleyince alabros saç tıraşlı adamın da *hakikaten de pek ilginç bi' film değilmiş* gibi şeyler söyleyerek kadına arka çıktığını kestirebildim. Diğer ikisinin ısrarlarına boyun eğmek zorunda kalan ortadaki adam isteksizce koltuğundan kalktı ve üçlü sonunda sinemadan ayrıldı. Olayın öncesi ve sonrasındaki durumlarından, ikisinin zaten en başından beri *hareketli resim* seyretmek gibi bi' niyetlerinin olmadığını, sadece karanlıktan ve kalabalıktan yararlanarak gizli iletişim kurabilmek için buraya geldiklerini tahmin etmiştim. Ama sinema salonunu terk etmeleri sayesinde kâğıt parçasını gönül rahatlığıyla alabildim."

"Peki, kâğıt parçasındaki şifreli karakterler ne anlama geliyo, ondan bahsetsene biraz."

"Poe'nun öyküsünü okusan hiçbir güçlük çekmeden anlayacağın gibi buradaki muhtelif rakam ve işaretlerin hepsi aslında İngiliz alfabesindeki harfleri ikame eder. Mesela, [5] rakamı *a* harfini, [2] rakamı *b* harfini ve [3] rakamı *g* harfini temsil eder. Sonracığıma, [†] işareti *d* harfini, [*] işareti *n* harfini, [;] işareti *t* harfini ve [?] işareti *u* harfini temsil eder. Buradaki şifre dizisini ABC düzeninde yeniden yazıp uygun bir telaffuz atfedersek, şöyle garip bi' İngilizce cümle oluyo:

--in the night of the Death of Buddha, at the time of the Death of Diana, there is a scale in the north of Neptune whe-re it must be committed by our hands.

"İşte böyle bi cümle çıkıyo ortaya. *W* harfi Poe romanlarında bulunmadığından, *W* yerine *V* şifresini kullanmışlar. Buradaki süslü *D*, *B* ve *N* karakterlerini ben mahsus yazdım. Senin anlamanı kolaylaştırmak için... Yani kâğıtta öyle süslü karakter falan yok. Bu arada eğer bunu Japonca'ya tercüme edersek şöyle oluyo:

BUDA'NIN ÖLDÜĞÜ GECE,

VE DİANA'NIN ÖLDÜĞÜ VAKİTTE,

NEPTÜN'ÜN KUZEYİNDE BİR PARÇA BALIK PULUNUN OLDUĞU YERDE,

İŞTE TAM ORADA, BİZZAT KENDİ ELLERİMİZLE İCRA ETMELİYİZ O İŞİ.

"Böyle oluyo işte tercümesi. İlk bakışta ne idüğü belirsiz bi' şey gibi görünse de üzerinde adamakıllı düşündün mü kavrıyosun manasını. ***BUDA'NIN ÖLDÜĞÜ GECE*** ile kastedilen şey *Altı Günlük Uğur Falı*ndaki* ***BUDA'NIN MEVTİ*** kıstasına denk gelen günün gecesi olsa gerek. Bu ay içinde ***BUDA'NIN MEVTİ*** gününe denk gelen dört veya beş gün var ama hatırlarsan kadın *iki üç gün içinde* diye yazmıştı. Bunu evvelki gece yazdığından yola çıkarak bir hesaplama yaparsak, burada kastedilen ***BUDA'NIN MEVTİ*** gününün bugün olduğundan emin olabiliriz. Akabinde

---

* *Altı Günlük Uğur Falı* (Rokuyō, 六曜): O günün uğurlu mu uğursuz mu olduğuna dair Çin kökenli bir takvim falı. Bu faldaki altı değerlendirme ölçütünden biri "Buda'nın Mevti (ölümü)" adı verilen ölçüttür. Eğer o gün "Buda'nın Mevti" kıstasına denk geliyorsa, çok uğursuzdur. Bu faldaki "Buda'nın Mevti" günü bir mecazi isimlendirmedir ve Buda'nın gerçek ölüm tarihiyle ilgisi yoktur. *–çn*

DİANA'NIN ÖLDÜĞÜ VAKİTTE mısrası var. Diana Ay Tanrıçası olduğuna göre buradaki ifade muhtemelen ayın batış zamanını gösteriyo olmalı. O hâlde, bu gece ayın batış saati kaç ona bakalım: gece 01.36. İşte tam bu vakitte o ikisi suç işleyecek! Fakat asıl uğraştırıcı mısra bundan sonraki: ***NEPTÜN'ÜN KUZEYİNDE BİR PARÇA BALIK PULUNUN OLDUĞU YERDE***. Burada açıkça bi' yer belirtiliyo; yani bu dizenin esrarını çözemezsek cinayet sahnesini izleyemeyiz demeye geliyo bu.

"Eğer *Neptün* ismi, bizim muhayyilemizin erişemeyeceği, onların kendi aralarında kullandıkları hususi bir jargonun parçasıysa kahrolurum, yüreğim dayanmaz vallahi. Lakin önceki Diana ve Buda göndermelerini göz önünde bulundurursak suret-i katiyede o kadar zor bi' şey olmasa gerek.

"Neptün, *Deniz Tanrısı* ya da *Neptün gezegeni* anlamına gelir. O sebepten, muhakkak deniz sahasında veya su kenarında bi' yer olması gerektiğini düşündüm. O anda aklıma birden Mukōcima'daki *Su Tanrısı* geldi. Malum olduğu üzere, oralar epey ıssız, tenha yerlerdir, dolayısıyla oranın böyle bi' suç infazı için şahane bir mekân olduğu su götürmez. ***NEPTÜN'ÜN KUZEYİNDE BİR PARÇA BALIK PULUNUN OLDUĞU YERDE***—Su Tanrısı'na adanmış bi' Şinto mabedi, ya da Yaomatsu lokantasının kuzey tarafında balık pulu şekilli (△) nişan iliştirilmiş bi' ev veya mekân olsa gerek. Sadece ***SU TANRISININ KUZEYİ*** gibi son derece muğlak bi' ifadeyle yetinildiğine göre bu nişanın beklenenden daha kolay bulunabilecek bi' yerde olduğunu kestirmek güç değil. ***İŞTE TAM ORADA BİZZAT KENDİ ELLERİMİZLE İŞLEMELİYİZ O İŞİ.*** - Bu durumda ***O İŞ*** şeklindeki sıfat tamlamasının cinayet cürmüne işaret ettiğini açıklamaya pek gerek yok herhalde.

*"**İŞLEMELİYİZ*** ifadesindeki, yani İngilizcesindeki ***MUST BE COMMITTED*** ibaresindeki ***COMMIT*** kelimesinin anlamından, bunun herhangi bi' eylem değil bi' suç vakası olduğu açıkça ortaya konmuş oluyo. ***BİZZAT KENDİ ELLERİMİZLE*** ibaresi de bu eylemi o kadın ile saçları alabros tıraşlı adamın gerçekleştireceği manasına geliyo. ***İLAÇ OLMAZ, URGAN OLSUN!*** sözcükleriyle karşılaştırıldığında gizem daha da açıklık kazanıyo aslında. Artık şu konuda hiçbi' şüpheye mahal kalmadı: burada suçun kurbanı olacak kişiden bahsedilmemesi hayıflanılası bi' durum gibi görünse de o gece olanlardan yola çıkılırsa, hedef tahtasında olan kişi yüksek ihtimalle üçlünün ortasında oturan saçlarını tam ortasından muntazaman ikiye ayırmış adam. Fakat kurbanın kim olduğu bizim sorunumuz değil. Odaklanmamız icap eden şey bu şifrenin esrarını çözmek, müstakbel cinayetin yer ve zamanını saptamak ve bu müstakbel suç eylemini kuytu, katillerin göremeyeceği bi' yerden seyredebilmek; bunları yapabilirsek yeter de artar bile! O hâlde şimdi ilk işimiz Mukōcima'daki Su Tanrısı'nın oralara gitmek ve balık pulu nişanını aramak. Evet kardeşim, şimdiki izahatımdan ne kadar emsalsiz ilginçlikte, ne kadar merak uyandırıcı bir vakanın söz konusu olduğunu anlamışsındır herhalde... Ayrıca şu an zamanın bizim için ne kadar önemli olduğunu da göz önünde bulundurma nezaketini esirgememelisin. Deminden beri sana bu vakayı rapor edeyim diye kıymetli zamanımın bir buçuk saatini harcamış oldum bile."

Haklıydı... Hakikaten de saat beş buçuk olmuştu bile

ama haziran başında *güneşin bacakları uzun olduğundan*, *garp salonu*nun penceresinin ötesi gün gibi aydınlıktı hâlâ.

"Zamanını harcamasına harcadın ama bu sayede fevkalade enteresan bi' hikâye dinlemiş oldum ben. Bu arada kafama takılan bi' şey var: madem evvelki gün bu işi öğrendin, o zamandan bugüne kadar şu balık pulu nişanını aramakla meşgul olsaydın ya!"

Ona nasıl muamele etmem gerektiğini bilememenin verdiği kafa karışıklığıyla söylemiştim bunları. Ansızın, bir süreliğine unuttuğum dün geceki sabahlama mesaimden kaynaklanan yorgunluğum nüksetmişti, dolayısıyla elimden gelse onunla gitmeyi reddetmek niyetindeydim. Şimdi, kalkıp Mukōcima'ya kadar gitmek ve ne idüğü belirsiz bi' vakayla meşgul olan bi hafiye muavini misali davranmak çok budalaca geliyordu. Mamafih, onu tek başına bırakırsam da huzursuz olacaktım.

"Sen beni ne sandın be kardeşim: dün sabahtan akşama değin bütün günümü Su Tanrısı'nın etrafını arayıp taramakla geçirdim fakat şu balık pulu nişanı hiçbir yerde yoktu. Hâl böyleyken şu kanıya vardım: nişan suç gününe kadar temin edilmeyecek muhtemelen. O kadın, müstakbel cinayet mahallinde bir yerlere o nişanı yerleştirmiş olmalı, eminim bundan. Kaldı ki dün olası iki-üç yeri patoz edip iyice aradığımdan, bugün zorlanmadan bulacağımı umuyorum. Ne var ki hava karardıktan sonra bulmak çok meşakkatli olacağından, en iyisi hemen yola koyulmak. Hadi, kalk, elimizi çabuk tutalım. Ayrıca, önlem olarak da *şunu* yanına al.

Böyle söyledikten sonra, çalışma masasının çekmecesinden bir toplu tabanca çıkardı ve elime tutuşturdu.

O kadar hevesliydi, kendini yaptığı işe o kadar kaptırmıştı ki onu durdurmaya çalışsam bile vazgeçmesinin olanağı yoktu. Uzun sözün kısası, yanılsamasını kırabilmem için en uygun şey onunla Mukōcima'ya gitmem ve dün olmayan balık pulu nişanının bugün de hiçbir yerde bulunmadığını onun gözüne sokarcasına kanıtlamam olacaktı. Bu şekilde, Sonomura, ne kadar kafayı üşütmüş olursa olsun, içinde olduğu beklentilerin, sanrılarının ürünü olduğunu idrak edecekti muhakkak. Böyle bir bilince varınca, dinginleşerek uysalca toplu tabancayı alırken şunları söyledim:

"O hâlde yavaş yavaş çıkalım. Sherlock Holmes ile Watson misali..."

Böyle söyledikten sonra keyifli bir edayla ayağa kalktım.

O-narimon yakınlarında bir taksiye atlayıp Mukōcima'ya doğru yola çıktığımızda da Sonomura'nın zihni hâlâ aynı hezeyanın tahakkümü altındaydı. Yumuşak şapkasını gözlerini örtecek şekilde takmış, kollarını göğsünde bağlamış vaziyette düşüncelere daldığını sanmıştım ki aniden zindeleşti ve şöyle dedi:

"Bu gece illaki öğreneceğiz ama yine de soracağım sana: bu katiller ne tür insanlardır, hangi sınıfa, hangi zümreye aitlerdir sence? O gece en azından giyim kuşamlarına şöyle bi' alıcı gözüyle baksam iyiydi ama n'aparsın ortalık zifiri karanlık olduğundan hiçbir şey göremedim. Her halükârda Poe'nun öyküsündeki şifreli harfleri kullanabildiklerine göre kadın da adam da eğitimsiz insanlar değil; bırak eğitimsiz olmamayı, epey ilim irfan sahibi zümreden olmalı bunlar... Ha ne dersin, sen de böyle düşünmüyo musun?"

"Hı hı, haklı olmalısın. Şaşırtıcı şekilde üst sınıftan insanlara benziyolar."

"Ama öte yandan, farklı bi' açıdan düşündüm mü, yüksek

sosyete mensupları değil, bilakis, büyük bi' soygun ve cinayet şebekesinin üyeleri oldukları da aklıma yatıyo. Aksi takdirde, bu tür şifreler kullanmazlardı. Şifreli harfler o kadar karmaşık ki benim gibi *meslekten olmayan, amatör* birinin bunları okuyabilmesi için her bi' harf için Poe'nun özgün metnine müracaat etmesi gerekiyor. Mamafih, geçen gün o alabros saç tıraşlı herif helada sadece beş altı dakika içinde okuyuverdi o iletiyi. O hâlde, bunlar, bu şifreli yazıyı tüm yıl boyunca kullanıyor demek ki ve bizim ABC ile yazılmış metinlere aşina olduğumuz kadar aşinalar buna. Ne de olsa şifreyi daha önce birçok kez kirli işleri için tekrar tekrar kullanmışlardır... Ama, bunların öyle sıradan haydutlar olmadıklarını hissediyorum."

Bizi götüren otomobil Hibiya Parkı'nın yanından geçmiş ve Babasaki Kapısı'nın dışındaki hendek boyunca son sürat seyrediyordu.

"Ama bunların kim olduklarını bilmemiz vakayı bizim için daha bi' enteresan kılıyo" diye yeniden konuşmaya başladı Sonomura.

Akabinde de sözlerine şöyle devam etti:

"İlk başta, işledikleri suçların saikinin yasak aşkları olduğunu düşünmüştüm ama eğer bunlar cinayet cürmüne aşina olan, korkunç suçlularsa, onların bu cinayet tasarısının arka planında yasak aşk dışında bi' sebebin olup olmadığını anlamak epey güç. Her halükârda tek bildiğimiz, bu gece saat biri otuz altı geçe, Mukocima'daki *Suicin,* yani Su Tanrısı Şinto Mabedi'nin kuzeyinde birinin bir urganla boğularak katledileceği. Merakımızı bu kadar tahrik eden de bu zaten."

Vasıtamız çoktan Maru-no-uçi'den ayrılmıştı ve Asakusa Köprüsü'ne doğru uçarcasına ilerliyordu.

*

Şimdi, bu sohbetin üzerinden üç saat geçirelim ve akşam sekiz buçuk sularına gidelim.

Sonomura acınacak hâldeydi: büyük bir kasvetle başını önüne eğmişti. Baktım olmuyor, onu tekrar bir taksiye bindirdim ve Şiba Parkı muhitindeki evine götürdüm.

"Bak kardeşim, bi' şeyleri yanlış anlamış olmalısın muhakkak. Son zamanlarda epey tedirgin ve gergin bi' hâlin olduğunu görüyorum... O yüzden, sinirlerini yatıştırmaya çalış. Yarın git farklı bi' yerlerde kafanı dinle, *tebdil-i mekânda ferahlık vardır* demişler."

Arabada sallanırken müthiş derecede dalgın ve yanaklarını şişirmiş, oflayıp puflar bir hâlde düşüncelere dalmış olan Sonomura'ya böyle nasihatlerde bulundum durdum.

*

Şimdi zamanı biraz geri alalım ve arada olanlara bakalım:

O akşam saat altıdan sekiz sularına kadar Sonomura beni peşinden sürükleyerek *Suicin,* yani Su Tanrısı Şinto Mabedi'ne götürmüş, orada fellik fellik aranıp durmuştu. Ama tam da tahmin ettiğim gibi balık pulu nişanına dair en ufak bir ize bile rastlamamıştık. Buna rağmen Sonomura yine de diretiyor, bir şey bulmadan eve dönmemekte ısrar ediyordu; neticede onu sakinleştirip sözde *arama tarama* faaliyetimizden vazgeçmeye ikna edebildim.

"Hakikaten son zamanlarda benim başımdan aşağı bi' şeyler oldu. Sen söyleyince fark ettim, galiba harbiden üşüttüm kafayı ben," dedi Sonomura, suyun altından gelir gibi cılız bir sesle.

"... Ammavelakin, bulamamış olsak da ortada bi' bit yeniği var. N'olursa olsun, o işaret oralarda bi' yerlerde olmalı... Her ne kadar bi' sinir argınlığından muzdarip olursam olayım, evvelki gece yaşadıklarım sahiydi. Benim hatam varsa, olsa olsa, o şifreli harflerin okunmasıyla veya metnin gizemini çözmemle ilgili bi' yanlış anlama olabilir. Her halükârda eve girip iyice düşüneceğim bi' kez daha..."

Böyle söylemesi hâlâ hezeyanlarından kurtulamamış olduğunu gösteriyordu; bu bir yandan beni öfkelendirirken diğer yandan bana gülünç geldi.

"İstersen bi kez daha düşün, sen bilirsin de, bu tür sorunlara kafa yorarak zamanını boşa harcamıyo musun? Senin hayal ettiğin şeyler gerçek olsa bile, bu kadar kemiklerini kırarcasına bi' çabayla kendini heba edip kafa patlatmana gerek yok ki. Dünden beri gözüme uyku girmedi ve bugün feci derecede yoruldum; o yüzden şimdi atlayıp eve döneceğim ve kafayı vurup yatacağım. Sen de artık zırvalamayı bırakıp erkenden yat bence. Sabah oturmaya geleceğim, ben gelene dek sakın tek başına evden çıkmaya kalkma, e mi?"

Ona kalsa beni bırakmayacak, bir türlü oradan ayrılamayacaktım, o sebeple taksiyle Asakusa Köprüsü'ne kadar gidip oradaki istasyondan Kudanşita istikametine giden trene bindim. Allak bullak olan kafamda sanki on tane tilki dolaşıyordu, o yüzden, bir süre moralim bozuk hâlde kalakaldım. Mukōcima'ya vardıktan sonra, aniden üç saat süresince, onulmaz bir açlık hissetmeye başladım— Sonomura arama faaliyetine kendini o kadar kaptırmıştı ki yemek yememe bile izin vermemişti. Mamafih, bu açlık bile Cimbō-çō'dan Sugamo istikametine giden trene aktarma yaptığımda, ansızın üzerime çullanan uykusuzluk hissi nedeniyle kayboldu gitti.

Velhasıl, Koişikava'daki evime varır varmaz, damdan

düşercesine kendimi döşemeye bıraktım ve ceset misali kımıltısızca deliksiz olacağı kesin olan bir uykuya dalıverdim.

Ondan sonra ne kadar uyudum bilmiyordum ama ön kapıya *TAK TAK TAK* diye vurulduğunu yarı rüyada yarı uyanık vaziyette işittim. Buna *RIN RIN RIN* diye, park etmiş fakat çalışır hâldeki bir otomobilin motor gürültüsü eşlik ediyordu.

"Bey, bey, biri ön kapıya vuruyor ama gecenin bu saatinde kim gelmiş olabilir ki? Seslere bakılırsa otomobille gelmiş üstelik."

Böyle diyerek uyandırmıştı karım beni.

"Üff, gene mi geldin be kardeşim... Sonomura'dır o Sonomura. Üstadın kafası biraz gidik de son zamanlarda. Başıma bela oldu..."

Çaresiz mahmur gözlerimi ovuşturarak, zar zor sürüne sürüne kalktım ve kapıya çıktım.

"Kardeşim, kardeşim, nihayet yeri saptadım ben! Neptün'le kastettikleri *Su Tanrısı mu tanrısı* değil, Suitengū'ymuş* yahu! Yanlış anlamışım! Suitengū'nun kuzeyindeki yeni yolda balık pulu nişanını buldum sonunda!"

Hafifçe araladığım kapıya abanıp döşemeye düşercesine içeri dalmış, kulağıma eğilip fısır fısır bunları fısıldamıştı.

"Hadi hadi, hemen çıkalım! Şu an saat tam 12:50. Sadece kırk altı dakika kaldığından *tek başıma mı gitsem acaba* diye düşündüm ama sana söz verdiğim için üşenmedim buraya kadar almaya geldim seni. Hadi bakalım, çok acele hazırlan. Hadi hadi, elimizi çabuk tutalım."

---

* Suiten-gū (水天宮): Tokyo'da bir Şinto mabedi. Tam çevirisi *Su Tanrısının Sarayı*'dır. Şinto inancındaki bazı ilahi figürlere adanmış olsa da özünde bu isim Hindu gök, okyanus ve su tanrısı Varuna'ya gönderme yapar. *–çn*

"Sonunda yeri saptadın demek... Lakin saat 12:50 olduysa, şimdi gitsek bile ağız tadıyla izleyebilir miyiz ki? Hem oralarda bi' yerde debelenirken bizi görürlerse ağır tehlikeye düşeriz be kardeşim; o yüzden gel yol yakınken bu işten vazgeç!"

"Yoo, hayatta vazgeçmem! Olayı göremesem bile, en azından bahçe kapısında çömelip urganla boğulan kişinin iniltilerini duymak da yeter bana. Üstelik az evvel görmüş olduğum balık pulu nişanı iliştirilmiş ev iki göz odası olan insanı bunaltacak denli daracık, derme çatma bi' tek katlı müstakil konuttu. Ayrıca yaz mevsimi olduğu için tüm *şōci* kapıları* kaldırılmış, sadece bir-iki saz kamışı perdesi ve bir bambu kepengiyle yetinilmiş. Dahası, arka kapı tarafında büyük bi' kolçaklı pencere var ve kepenkleri gedikler ve aralıklarla dolu, o sebeple, oradan dikizledin mi içerisi rahatlıkla görülebiliyor; oh ne âlâ di mi ama daha ne istersin ki? ... Hadi be kardeşim, böyle çene çalarken epey zamanımız gitti bak. Saat bir olmuş ya! Gelecek misin, gelmeyecek misin, çabuk karar ver biraz. Eğer gelmeye niyetin yoksa, yalnız giderim ben."

Öylesine sapa bir yerde kim adam öldürmek ister ki? diye geçirdim içimden. Ama o anda onu tek başına kendi kaderine terk edemezdim; bana büyük meşakkat ve zahmet vereceğinden emin olmama rağmen Sonomura'yla gitmekten başka çarem yoktu.

"Tamam, bekle, hazırlanıp geliyorum hemen."

İçeri girdim ve alelacele giyindim.

"Ne oldu bey? Gecenin köründe nereye gidiyorsunuz

---

* *Şōci* (障子) kapısı: Geleneksel Japon evlerinde bulunan, ahşaptan ve üzerinde cam yerine ışığı geçiren beyaz kâğıt kullanılan sürme kapı. –*çn*

böyle?" dedi karım, gözleri şaşkınlıktan kocaman iki top misali büyümüş bir hâldeydi.

"Yaa daha sana bahsetmemiştim ama Sonomura son birkaç gündür aklını kaçırmış gibi hareketler yapmaya başladı; çok acayip lakırdılar ettiğinden ben de canımdan bezdim. Dediğine göre güya bu gece Ningyō-çō'daki* Suitengū mahallesinde bi' cinayet işlenecekmiş, onu izlemeye gitmek istiyo."

"Ay ne fena! Ne kadar nahoş şeyler söylemiş öyle!"

"Gecenin bi' yarısı *GÜM GÜM GÜM* kapı vurulup uyandırılmak beni çileden çıkardı. Lakin onu kendi hâline bırakırsam bi' delilik yapar diye korkuyorum, o sebeple bi' şekilde onu kandırıp Şiba Parkı'na dönmeye ikna etmeye çalışacağım. Hayret bi' şey bu herif yaa!"

Karıma böyle bir izahat verdikten sonra, Sonomura ile tekrar taksiye bindim. Sessizdi gecenin derinliğine gömülmüş kent. Otomobil Yukarı Hakusan'dan geçerek dosdoğru lisenin önüne çıktı. Hongō Caddesi'ndeki parke taşlarının içine döşenmiş olan tren raylarının üzerinden kayarcasına büyük bir süratle ilerliyordu. Bense o kadar mahmurdum ki hâlâ yatağımda rüya görüyormuş gibi bir hissiyat içindeydim.

Yaz başına, yağmur mevsimi arifesinin gece göğüne baktım: yarısı kasvetli yağmur bulutlarıyla örtülü, diğer yarısıysa mahmurluktan gözlerini kırpıştırıp duran yıldızlara emanetti.

"Sadece on yedi dakika! On yedi dakika kalmış!" dedi

* Ningyō-çō (人形町): Türkçesi "Oyuncakçılar Mahallesi"dir. Edo Devri'nde (1603-1867) oyuncak bebek ve kukla imalatçılarının dükkânlarının toplandığı bir muhit olduğundan böyle adlandırılmıştır. *–çn*

Sonomura Matsusumi Mahallesi durağından geçerken el fenerinin ışığıyla aydınlatttığı kol saatini göstererek...

"Sadece on yedi dakikamız kalmış ya!" diye tekrar bağırdığında otomobil Sonomura'nın üşütük kafası kadar çılgın bir süratle İzumi Köprüsü'nün köşesinden Ningyoçō Caddesi'ne doğru keskin bir dönüş yaptı.

Yerimiz belli olmasın diye kasten Hettsuigaşi civarında indik taksiden, minik *kōban* karakolundaki* memurlara görünmemek maksadıyla bir dizi dar sokağa daldık.

Bölgenin coğrafyasına aşina olmadığım için koşar adım Sonomura'nın peşine takıldım; zifiri karanlık dar sokaklara girdik çıktık, bu yüzden hâlâ tam olarak hangi yönde ve noktada olduğumuzu şu an bile çıkaramıyorum.

"Hop, bak hemen şurası, usulca yürü, sakın ayak sesi yapmayasın! Aha şu altı yedi haneyi geçtikten sonraki ev."

Sessizce ve telaşla yürüyen Sonomura, bunları kulağıma bir değnekle vurur gibi fısıldadığında, salaş hâldeki ince uzun yapılı müstakil evlerin her iki tarafında da sıralandığı, iki yanında hendek tahtaları olan çıkmaz bir sokağın sonunda dikiliyorduk.

"Hangisi? Hangi ev hani? Balık pulu hani?"

Böyle sorduysam da Sonomura duymazdan geldi, akabinde de durup kol saatine baktı ve aniden pes, hırıltılı fakat güçlü bir sesle:

"Tüh be!" dedi.

"Tüh be! *TÜH BE*'lik bi' gaflette bulundum. Saat iki dakika geçmiş. Otuz sekiz geçiyo şu an!"

"Ya onu bırak da şu balık pulu nişanı nerde? O nişanı göster bakayım bana..."

---

* Kōban karakolu (交番): Genelde mahalli istasyonların yakınlarında bulunan oldukça küçük ebatlı, mini karakol. –*çn*

Bu kadar hevesli ve şevkli bir ruh hâlinde olduğuna göre oralarda bir yerde en azından balık puluna benzeyen bir şeyin olması gerektiğini düşündüm ve meseleyi kurcalamayı sürdürdüm.

"Nişanı mişanı salla gitsin şimdi. Sonra anlatırım onu sana ben. Orda miskin miskin pineklemeyi bırak da buraya gel! Bu taraftan, hadi, hadi!"

Bunları söyledikten sonra hoyrat ve hedefe kitlenmiş şekilde omuzlarımdan tuttuğu gibi sağ taraftaki iki derme çatma evin arasında, normal bir insan bedeninin ancak sığabileceği dar aralığa sürükledi. Derken, bir yerlerde çöp kutusu olsa gerek, zifiri karanlığın içinde envaiçeşit gıda çöpünün mayalanmasından gelen nahoş koku, buram buram üzerime hücum ederek burnumun direğini kırdı. Akabinde kulak mememin etrafına bir örümcek ağının takıldığını hissettim; yırtılıp dağılmış olmalıydı. Beş-altı adım önümden giden Sonomura, ansızın durdu ve nefesini tutup sol taraftaki yağmur kepenginde açılmış olan gediğe suratını dayayıverdi.

Kuytu aralığın sağ tarafında boydan boya bir siper tahtası vardı; sol tarafta, Sonomura'nın halen suratını dayadığı yerde ise tıpkı kendisinin önceden anlattığı gibi kolçaklı bir pencere bulunuyordu; gedikler ve aralıklarla dolu fırtına kapısı sıkıca kapatılmış gibiydi, oradan odanın ışığı huzme sicimleri hâlinde dışarı sızıyordu. Bu ışınların yoğunluğundan, evde göz kamaştırıcı derecede aydınlık veren ampuller kullanıldığını hayal etmek zor değildi. Ortamın heyecanına kendimi kaptırmadan Sonomura'nın yanına gittim ve onunla omuz omuza dikilmiş vaziyette gediklerden birine gözümü dayayıp içeri baktım.

Gediğin ebadı bir başparmağın girebileceği kadardı. Şu ana değin dışarının karanlığına alışmış olan gözbebeklerim, oradan içeri baktığım anda lambanın ok gibi keskin ışığının saldırısına maruz kalınca görme yetim bir süreliğine budalalaştı: görebildiğim sadece titreşmekte olan iki-üç karaltıydı. Gözümün önündekilerden ziyade yanımda dikilen Sonomura'nın şedit nefes sesini algılayabiliyordum. Dahası içinde bulunduğumuz ölüm sessizliğinin içine akan kol saatinin tik takları, heyecan kaynaklı bir kalp vuruşu sesiymiş gibi bir his veriyordu insana.

Ama bir-iki dakika içinde görme yetim yavaş yavaş geri gelmeye başladı. Gözüme ilk görünen şey dikey şekilde ve bütün gürbüzlüğüyle yukarı doğru uzanan korkunç, bembeyaz sütun benzeri bir cisimdi. Bunun, sırtı bana dönük oturan bir kadının güzel yakasının içindeki ensesinin etinden oluşan bir hat olduğunu anlamamın birkaç saniyemi daha aldığını hatırlıyorum.

Aslını söylemek gerekirse, kadın pencereye, arasından bakmakta olduğum gediğin tamamını kaplayacak denli yakın olduğundan, onun bir insanın arkadan görünüşü olduğunu ayırt etmek fevkalade zordu. Kadının *tsubuşi şimada** tarzında toplanmış saçlarıyla baş kısmından, fiyakalı ipek dokuma bir yazlık *haori ceketi*† giymiş sırtının bir kısmına kadarını görebilmiştim fakat belden aşağısı görüş menzilimin dışında kalıyordu.

* *Tsubuşi şimada* (潰し島田): Saçın yanlarının üst ön ve arka kısımlarının kabartıldığı, arkada çift katmanlı atkuyruğunun oluşturulduğu saç toplama şekli. Edo Devri'nde yaygınlaşmış olan bu saç tarzını özellikle *geyşa*lar, kadın savaş sanatçıları ve *kabuki* tiyatrosu oyuncuları kullanmaktaydı. *–çn*

† *Haori* (羽織): Geleneksel, düğmesiz bir kısa Japon ceketi. *–çn*

O kadar geniş olmamasına rağmen oda, *tam da tahmin ettiğim gibi* her nedense elli mumdan bile daha güçlü olduğunu düşündüğüm bir ampulle aydınlatılıyordu. Başlarda kadının ensesini beyaz bir sütun olarak algılamamı o kadar da garipsemeyin; zira teninin, ceketinin hafifçe kalkık yakasından, *cuban çamaşırı*na* kadar olan kısmı pudrayla kaplanmıştı ve yoğun bir şekilde duvara sürülmüş alçı misali, ampulün göz kamaştırıcı ışığına maruz kaldığından ötürü alev alev yanarcasına yansıma yapıyordu. Ona ne kadar yakın olduğumu, kıyafetlerine serpilmiş parfümünün kokusunun tatlı ve yumuşak bir şekilde burnuma gelmesinden rahatlıkla tahayyül edilebilirsiniz. Hatta ve hatta, kadının saçının her telini sayabilecek yakınlıktaydım. *Saçlarını yeni mi toplamış acaba* diye insanı kuşkulandıracak denli bir körpelik ve parlaklığa sahipti; ne bir kuşun karnı kadar pofuduk bir gerginlik arz eden yan saçlarında ne de kıvır kıvır ve parlak hâldeki topuzunun tek telinde en ufak bir dağınıklık yoktu; adeta peruk gibi siyah ve dalgalı şekilde ışıldıyordu.

Yüzünü görememememiz hayıflanılası bir durum olsa da bir dağ misali iki yana doğru eğimli olan cılız omuzlarının yumuşak kıvrımlarından olsun; bir kafa kuklasını andırır şekilde ince yakasından fışkırmış gibi görünen ensesinin üst kısmında saç köklerinin sonlandığı noktadan olsun; kulak memelerinin arkasından saç çizgisine uzanan oradan da sırtındaki seksî kaslarından olsun; sadece arkadan görünüşünden bile insanı hayrete düşürecek denli işveli bir cazibeye sahip bir kadın olduğunu anlamak hiç de güç değildi. Böy-

* *Cuban* çamaşırı (襦袢): *Kimono* ve *hakama* gibi gelenekselkıyafetlerin altına giyilen, şekil itibarıyla bornoz şeklindeki bir nevi iç çamaşırı. Kelimenin kökeni Türkçe'deki "cüppe"dir. Japoncaya Portekizce aracılığıyla girmiştir. *–çn*

lesine tuhaf bir yerde, böylesine güzel bir kadının görüntüsüyle karşılaştığım için bu gedikten içerisini dikizlememin nafile bir çaba olmadığına çoktan kani olmuştum.

Burada, kadını gördüğüm *lahza*da edindiğim izlenime ve ilk bir iki dakika boyunca gözlediğim manzaraya dair bazı noktaları kayıt altına alma lüzumunu hissediyorum...

Sonomura'nın öngörüleri yanlış olsa bile *hâlihazırdaki* gibi gecenin köründe, böyle bir kadının böylesi bir kılıkta, böyle bir yerde, kımıltısız bir vaziyette durmasının tuhaf bir durum olduğu su götürmezdi. Kadının saçlarının *tsubuşi şimada* tarzında toplanmış olmasından hareketle bir hükümde bulunmak gerekirse, kesinlikle beyaz ırktan Batılı bir kadın olamazdı, *geyşa** ya da benzeri meslekten bir yerli olsa gerekti. Saç tasarımının ve kıyafet seçiminin şatafatlı ve lüks oluşu, son zamanlardaki *Çiçekler ve Ağaçlar Âlemi*'nde† revaçta olan modayı takip ettiğini gösteriyordu; dolayısıyla öyle alt sınıftan bir *geyşa* değil, Şinbaşi veya Akasaka civarında çalışan birinci sınıf bir *geyşa* olduğu kesindi. Her halükârda, kadının, o *geyşa* mahallesinde ne yaptığı hakkında en ufak bir fikrim bile yoktu. Az evvel, *kadının böyle bir yerde kımıltısız bir vaziyette durduğu*nu yazmıştım; kadın gerçekten bir *canlı tablo*‡ misali kelimenin tam anlamıyla

---

* *Geyşa* (芸者): Tam kelime anlamı "kadın sanatçıdır". Geleneksel dans gösterileri yapma ve *şamisen* sazı çalma gibi yetileri edinmiş, edebiyat-sanat konularında sohbet edebilecek kültüre sahip olan ve geleneksel tarzdaki şölen ve eğlencelerde eksik edilmeyen seçkin eğlence dünyası kadınlarıdır. Japonya dışındaki yaygın kanının aksine fuhuşla doğrudan alakaları yoktur. Fakat Sonomura örneğinde görüldüğü gibi zengin şahıslara metreslik yapan *geyşa*lara da rastlanır. *–çn*

† *Çiçekler ve Ağaçlar Âlemi* (花柳界, *karyūkai*): *Geyşa* mahallelerinin mecazi adı. *–çn*

‡ Canlı modellerin, bir meşhur resim tablosunu kıpırdamadan durmak suretiyle taklit ettikleri sanat performansı. *–çn*

*kımıltısız*dı. Sanki o gediğe gözümü dayayıp dikizlemeye başladığım anda ensesini dikleştirip başını öne eğmiş, öylece donakalmıştı; bir fosil kadar hareketsiz ve sakindi. Belki de dışarıdan gelen ayak seslerinin farkına varmış ve aniden nefesini tutup kulak kesilmişti. Ansızın böyle bir fikre kapılınca alelacele yüzümü gedikten çektim, dönüp Sonomura'ya baktım; o hâlâ tutkulu şekilde gözünü gediğe dayamış vaziyetteydi.

Hemen akabinde, çıt bile çıkmayan evde biri kıpırdanmış olsa gerek, kirişleri fırlamış *tatami* döşemesine* basılmış gibi bir gıcırtı geldi. Sonomura'nın deliliğiyle alay ederken, ne olduğunu anlamadan yüreğimde uyanan derin merak beni esareti altına almıştı; gıcırtıyı duyar duymaz büyülenmişçesine dikizleme gediğine yüzümü yapıştırıp gözlerimi içeri diktim.

Sadece bir iki saniye sürmüştü kadından gözümü ayırmam ama bu süre zarfında kadının konumu ve duruşu az çok değişivermişti. Muhtemelen az önceki gıcırtının sebebi buydu. Gediğin önünü kapatan kadın şimdi bir *tatami* hasırı, yani takriben iki metre kadar uzaklaşarak çaprazlamasına odanın ortasına doğru ilerlediğinden, görüş alanım epey bir genişlemiş, neredeyse odanın içinde olan biten her şeyi, üstelik en ufak bir ayrıntıyı ıskalamadan görebilir hâle gelmiştim. Önünde durmakta olduğum pencerenin öte tarafında, yani tam karşımda bulunan duvarın kâğıdı,

---

* *Tatami* (畳): Sazların örülerek hasır hâline getirilmesiyle yapılan dikdörtgen şeklinde bir tür kalın yaygı. *Tatami* döşemeleri, bu yaygıların odaların ya da salonun hafif çukur zeminlerine yan yana ve arka arkaya, arada boşluk bırakmayacak şekilde sıkıca monte edilmesiyle oluşturulur. Geleneksel Japon iç mimarisinin vazgeçilmez bir öğesidir. *–çn*

bunun gibi ince uzun yapılı salaş müstakil evlerde sıklıkla görüldüğü üzere, paçavra misali soyulmuş, yırtılmıştı ve yırtıkların çıplak bıraktığı yerlerde duvarın sarı badanası sırıtıyordu; duvarın solunda bir bambu kepenk, sağındaysa bir saz kamışı perde vardı; bunun dışında da bir sundurma bulunuyordu. Sundurmanın panjurları kapalı gibi duruyordu. Bir süredir kadının solunda gölgede kalan beyaz bir şeylerin yanıp söner gibi parladığını hissetmiştim ama şimdi bunun duvara yaslanmış ve ona doğru bakan ve el boyaması *yukata*[*] giymiş bir delikanlı olduğunu idrak ettim. Delikanlının yaşı muhtemelen on sekiz ya da on dokuz, azami yirmi olmalıydı. Alabros saç tıraşlı, buğday tenli, uzun boylu, adeta "eski" Kikugoro'yu[†] gençleştirmişler gibi bir eşkâli vardı gencin. Onu özellikle "eski" Kikugoro ustaya benzetmemin sebebi bu delikanlının cemalinin, yani güzel yüzünün, eski zamanlardaki, Edolu yakışıklı oğlanlarınınkine benzer şekilde sıkı ve gergin olması; soğuk gözbebeklerinin ve hafifçe çıkık alt dudaklarındaki garip kurnazlık havasının bana *Hallak*[‡] *Şinza*[§] ya da *Fare Velet*[¶]

---

* Yukata (浴衣): Yazın giyilen hafif ve rahat bir *kimono* türü. *–çn*

† 18. yüzyıl ortalarından itibaren günümüze kadar 7 kuşak boyunca Kabuki tiyatrosuna hizmet vermiş ve halen vermekte olan aktör ailesi Kikugoro'ların 5. nesil üyelerinden Kikugoro Onoe (尾上菊五郎, 1844-1903) kastediliyor. *–çn*

‡ İyi tıraş eden usta berber anlamında. *–çn*

§ Hallak Şinza (Jap. 髪結新三, Kamiyui Şinza): Bir Kabuki tiyatrosu başkişisi. *–çn*

¶ "Fare Velet" Cirokiçi (Jap. 鼠小僧次郎吉, Nezumikozo Cirokiçi): Edo Devri'nin (1603-1867) ünlü haydutu. Çok sayıda yüksek rütbeli samurayın konaklarını soyup, gasp ettiği parayı içki, yemek, eğlence ve kumara harcamış ve 36-37 yaşlarındayken hapse atılmış olan "Fare Velet" sonradan birçok roman, hikâye ve tiyatro oyununa konu olduysa da, bu kurgusal yapıtlarda yardımsever bir haydutmuş gibi çarpıtılmıştır. *–çn* karakterlerine özgü bir adilik ile üçkâğıtçılığı kusursuz şekilde çağrıştırmasından ötürüydü.

Delikanlının yüzünde ne kızgın ne de güleç, sakin ama yine de bir şeylerden tedirginmiş gibi anlaşılması güç bir ifade belirmişti bariz şekilde. Ama daha da anlaşılmaz olan, delikanlının bulunduğu yerin bir iki arşın, yani takriben bir metre kadar ötesinde, sol köşeye dikeltilmiş duran korkuluğa benzer kapkara cisimdi. Bu koşullarda, korkuluğun aslını astarını tespit edebilmek için bir süre vücudumu evirip çevirmem, eğip bükmem ve göz yuvarlarımın konumunu değiştirmem gerekti.

İyice dikkatle baktığımda gördüm ki korkuluğun başına siyah kadife bir örtü geçirilmişti ve üç adet ayak üzerinde duruyordu. Neresinden baksanız, bu fotoğraf çekmek için kullanılan bir makine olsa gerekti. Bu daracık odanın kuvvetli bir ampulle aydınlatıldığı ve kadının hareketsiz olduğu düşünüldüğünde, onların bu hâli adamın kadının bedenini fotoğrafa yansıtmaya çabalamasıyla ilgili olabilirdi. Tamam da nasıl bir lüzum hâsıl olmuştu da bu insanlar gecenin köründe bu pis, salaş evde fotoğraf çekmeye girişmişlerdi? Fotoğrafı gizlice çekmelerinin özel bir nedeni mi vardı yoksa?

Doğal olarak delikanlının iğrenç bir kaçak malın üreticisi olduğunu ve kadını model olarak kullanarak o malı üretmeye çalışmakta olduğunu tahayyül ettim. Böylelikle gözlerimin önündeki bu garip görüntüye bir anlam verebildim.

Hıh, ne zırvalık! Sonomura yavşağı sürükledi beni bu ucube yere. Artık kendisi de farkına varmıştır saçmaladığının.

İçimden, müstehzi bir edayla Sonomura'nın omzuna vurarak *Al işte istediğin çılgın cinayet vakası başlıyo!* deyip ona takılmak geldi. Olayın aslı astarı aşağı yukarı anlaşılınca Sonomura'nın tahminlerinin tamamen hedefi ıskalamış olduğu ortaya çıkmıştı ama buna rağmen içimdeki büyük merak fokur fokur kaynayarak artıyor ve yepyeni bir istikamete yöneliyordu. Dün akşamüstünden beri bizim şu meşhur *zehir hafiyemiz*in emirlerine amade şekilde Tokyo kazan biz kepçe dolaşmış ve neticede de böyle gülünç bir sahneye rastlamıştık; fakat yine de *Ben dememiş miydim lan?* diye ona kafa tutup gülemiyordum. İşlenmek üzere olan şey cinayet olmasa bile adi bir suçtu neticede.

Böyle bir suç eyleminin birazdan sahnelenecek olması, bana hunharca bir cinayete denk, tarifine kelimelerin kifayetsiz kaldığı bir korku veriyordu; bu da gergin bir beklenti hissini tatmam için yeterliydi. Her zamanki titizliğimden dolayı değil, tüm vücudumu tiril tiril titreten ürperti ve gerginlik yüzünden bu cürüm sahnesinden gözlerimi kaçıracak gibi oluyordum.

Öte yandan, üçayaklı büyük fotoğraf makinesi öyle bir başına, sap gibi oraya yerleştirilmiş vaziyetteydi ve delikanlının hemen makinenin başına geçmek gibi bir niyeti de yoktu sanki. Delikanlı hâlâ odanın en ucunda bulunan duvara yaslanmış, manidar bir edayla kadına bakıyordu dik dik.

Dahası, bu manzarayı gözlemlediğim tüm müddet boyunca, o da kadın gibi kımıltısız-kıpırtısız hâlini koruyordu; kötü niyetli fena bir insana özgü kurnaz gözbebekleri bir *canlı oyuncak bebeğin** camdan göz yuvarları misali pırıl

* *İkiningyo* (生人形): Ünlü Japon hikâyelerinin kahramanlarını gerçek boyutlarında ve hakiki bir insan izlenimi uyandıracak denli gerçekçi bir şekilde yapılmış mankenlerine verilen ad. *Canlı oyuncak bebekler* Japon *misemono* yani *ucube gösterisi* (İng. *freak show*, Jap. 見世

pırıl parlıyordu. Kadının duruşu daha önce olduğu gibi arkaya kaykılmış bir hâldeydiyse de bu kez dizlerinin üzerinde ve hafif yana meyilli oturduğundan belden aşağısı tamamen görünüyordu. *Tatami* döşemesine sarkmış *haori* ceketinin eteğinin ucundan dışarı taşmış sağ ayağının yarısı gözüküyordu; ayağına giydiği bembeyaz *tabi* çorabının tabanında en ufak bir leke bile yoktu; *kimono*sunun uzun yenleri cansız, gevşek şekilde ayağına doğru sarkmıştı. Daha önce vücudunun sadece üst kısmını görmüş olduğum kadının, şimdi tüm vücudunu görmüş oluyordum ve neticede kadının billur gibi duru bir bedensel güzelliğe sahip olduğu yönündeki tahminlerimde yanılmadığım ortaya çıkıyordu.

Ne kadar da fettan, cilveli, esnek ve zarif bir vücuttu bu! Derin bir dinginlikle üzerinde duran şu yumuşacık, ince kumaştan kıyafetinde en ufak bir kırışıklık oluşturmayacak şekilde uslu uslu oturuyor olmasına rağmen, o fettanlık ve zarafet vücudunun her kıvrımına yayılmıştı; sanki yumuşak dalgalar hâlinde yerde kayarcasına sürünen bir yılan misali... Hayretler içindeki gözlerimle ne kadar seyredersem o kadar kuvvetli bir şekilde şahane bir ezginin kulakta kalan yankısı misali bağrım vecd hâlindeymişim gibi büyük bir coşkuyla dolup taşmaya başlamıştı.

Gözbebeklerimin öylesine büyük bir ısrarla ve kendimi unutturacak denli bir hayranlıkla kadının fettanlığına, işvesine dalıp gittiği odanın sağ tarafında bulunan olağanüstü büyüklükteki madeni leğenin o ana kadar dikkatimi çekmemiş olmasından da anlaşılabilirdi. Aslında böyle bir eve,

---

物) etkinliklerindeki malzemelerinden biridir. Özellikle 19. yüzyılda popülerlik kazanmıştır. Ayrıca yazar Tanizaki'nin Japon oyuncak bebek ve kukla sanatının tüm dallarına olan derin ilgisi *Bazıları Isırgan Sever* adlı eserinde de gözlemlenebilir. *–çn*

bu denli kocaman bir madeni leğenin konmuş olması, üçayaklı fotoğraf makinesinden bile daha gizemli bir sırdı ve bu kadın olmasaydı onu hemencecik fark ederdim. Madeni leğen dediğime bakmayın, Batı usulü banyolardaki küvetlerinki kadar geniş bir hacme sahipti, derin ve ince-uzun, Seto yöresi usulü emayeden yapılma yumurtamsı bir kap şeklindeydi; sundurmanın yanındaki saz kamışı perdenin önündeki *tatami* döşemesinin üzerine altına hiçbir şey serilmeden doğrudan yerleştirilmişti.

Bu tipler leğeni ne için kullanacaklardı acaba? Tabii ki böyle alakasız bir yere konduğundan ötürü banyo yapmak için olmadığı kesindi. Bir yanda üçayaklı fotoğraf makinesi, diğer yandaysa leğen vardı. Tam ortada da kadın oturuyordu. Bütün bunlar ne anlama geliyordu ki? Bunlara kafa yordukça peyderpey leğenin amacını anlamaya başlar gibi oldum. Velhasıl, ***BİR DİLBERİN BANYO SEFASI*** diye adlandırılabilecek bir sahneyi fotoğrafa yansıtmaya çalışıyor olmalıydılar. Tüm bunlar göz önünde bulundurulduğunda kadının *kimono* giymiş olması tuhaf kaçıyordu ama birazdan yavaş yavaş soyunma hazırlığına başlayacak olsa gerekti. Deminden beri sessiz ve kımıltısız kalmalarının sebebi fotoğrafların çekileceği konumları düşünmeleriydi muhtemelen. Tabii ya, kesin öyleydi. Böyle farz edince taşlar yerine oturuyordu; buranın gizemini çözmenin başkaca da bir yolu yoktu zaten...

Kendime olan biteni anladığımı gösterircesine bir edayla kafamı emme basma tulumba gibi sallayarak delikanlıyla kadının tavırlarını izledim. Fakat ikisinin de hazırlanacak gibi bir hâlleri yoktu. Kadın başı öne eğik vaziyette oturuyor, bir türlü konumunu değiştirmiyordu. Delikanlıysa oracıkta bir değnek gibi dikiliyor, kadını süzmeyi sürdürüyordu. Çıt çıkmıyordu; adeta hep beraber denizin içindeymişler gibi bir sükût hâkimdi odaya ve odada ses çıkarmadan da olsa kımıldanan tek şey adamın gözbebekleriydi. Öyle dediysem de bu gözbebekleri sadece kadının göğsünden dizlerine kadar olan alanı pür dikkat süzüyor, kesinlikle başka yere bakmıyordu. Fotoğrafa konum belirlemek için oldukça acayip kaçan göz hareketleriydi bunlar. Sadece genel bir kanaat edinmek için adamın gözlerindeki o keskin ve zehirli nazarı izleyerek dikkatinin nereye odaklandığını tetkik ettim.

Evet, baka baka ve düşüne düşüne adamın bakışlarının kadının göğüslerinden dizlerine doğru dolaştığı sonucuna varmıştım. Sadece o değil, başını önüne eğmiş olan kadının kendisi de göğsüne ve dizlerine bakıyor gibiydi. Arkadan görünüşünden bir hükümde bulunmak gerekirse, kadın sağ ve sol dirseklerini biraz dışa doğru uzatmış, dikiş dikiyormuş gibi ellerini dizlerine doğru götürmüş, dizlerinin üzerindeki bir şeyleri kurcalıyordu sanki. Bunun farkında olarak bakmakta olduğumdan mıdır nedir, kadının üstünde çıkıntıları ve oylumlarıyla engebeli bir kara kütlenin bulunduğunu ve bunun kadının ön tarafında olduğu için gölgesinde kalan *tatami* döşemesine kadar epey bir uzayıp gittiğini sezinliyordum. *Acaba kadının kucağını kendine yastık edip orada yatmakta olan bir adam mı var* diye düşünmeye kalmadan ansızın ağır bir eşyanın yerde sürüklenmesinden kaynaklanan yer sarsıntısı gibi bir gümbürtüyle kadın üçayaklı fotoğraf makinesine doğru döndü. Kadın dönünce gördüğüm manzara şöyleydi: yüzükoyun yatmakta olan bir adamın kafası yerleştirilmişti kucağına... Bir cesedin kafası!

İşte böyle bir manzaraya şahit olduğum o anı nasıl niteleyebilirim gerçekten bilmiyorum.... O zamana kadar hiç deneyimlemediğim bir şeydi... Nefesim daralmış, vücudumdaki kan çekilmiş, bilincim yavaş yavaş yitip gitmiş, adeta erkenden bunamıştım; korkunun sınırlarını aşmış olduğumdan, vecde yakın puslu, bir tür sinirsel hissizliğe düşmüştüm. Orada yatanın bir ceset olduğunu adamın sadece uyuyor gibi görünmesine rağmen gözlerinin açık olmasından değil; üstündeki zarif smokin-tarzı kuyruklu ceketin yaka şeridinin hoyratça koparılmış olmasından ve kan kırmızısı kadın kuşağını andıran bir bürümcük sicimin boynuna dolanmış olmasındandı. Ve böylece, *ihtizar* hâlinde, yani can çekişir vaziyette vücudunu terk etmekte olan ruhunu yakalamak istercesine uzattığı fakat sadece hava boşluğunu kavrayabilmiş ellerinin ucu tam kadının göğsü civarındaki açık yeşil mor salkım çiçeği nakışlı üst yakasına uzanmış vaziyetteydi. Kadın ellerini cesedin koltuk altına sokup kocaman bir ton balığı misali yan yatmakta olan bedenini, kendi vücuduyla birlikte döndürmeye çalışmış fakat sadece gövde kısmını döndürebilmiş olsa gerekti. Adam çok şişmandı, bu bükülmüş hâlinde, beyaz süveterinin alt kısmı adamın çıkık göbeğinden ötürü vücudunun yan kısmı hiragana yazısındaki く karakteri* gibi dışarı çıkıntı yapıyordu. Muhtemelen kadının narin kolları bu koca göbekli adamın ağırlığıyla başa çıkamamıştı. Ufak tefek cüssesinden beklenmeyecek bariz bir şişmanlığı vardı adamın. Yüzünü ayan beyan göremesem de sadece yandan görünüşünden yola çıkarak basık burunlu, çıkık alınlı ve sarhoşmuş gibi koyu kırmızı beniz-

* Japon *hiragana* yazı sisteminde bir karakter. "Ku" hecesinin karşılığıdır. –*çn*

liydi... Takriben otuz yaşlarında olmalıydı... Çirkin bir çehresinin olduğunu tahayyül edebiliyordum.

İşler bu noktaya gelince, en son ana dek deli saçması olduğuna inandığım Sonomura'nın tahmininin hedefi, yüksek isabetle, tam on ikiden vurduğunu kabul etmek mecburiyetindeydim artık. Akabinde kendimi toplayıp cinayete kurban gitmiş mevtanın kafasına baktığımda, adamın, gümüşi balık pulu desenli bir kadın kuşağına temas etmekte olan saçlarının, tıpkı Sonomura'nın tahmin ettiği gibi tam ortadan muntazaman ayrılmış, sürmüş olduğu briyantinden ötürü sertleşmiş ve parlamakta olduklarını gördüm. Şimdi yeni gördüğüm şeyler bir erkek cesedinden ibaret değildi. Başını önüne eğmiş, kucağındaki cesedin çehresine dalgın dalgın bakakalmış kadının yüzünün yandan görünüşü, bir heykelinki gibi bütün somutluğuyla ve aniden görüş alanımda aşikâr bir şekilde beliriverdi. Tavandaki ortalığı gün ışığı gibi aydınlatan ampul, o güzel kirpiklere ışık tutmaktan mutluymuşçasına ortaya çıkardığı kadının yüz hatlarına baktığımda, bir şimşir tarağın dişleri gibi dizilmiş olan kirpikleri tek tek sayılabilecek denli gölgesiz ve bariz şekilde tezahür etmişlerdi; adeta birisi onları oraya kılı kırk yaran bir özenle yerleştirmişti tek tek. Aşağı bakma eğilimindeki gözbebeklerinin üstündeki dolgun ve kalkık göz kapaklarının zarafeti ve onların altında bulunan, insana bir yükseklik korkusu verecek denli, sıradan Japonlarınkine göre daha büyükçe ve düzgün burnunun şahane kıvrımları, oradan usulca aşağı uzanan, alt kısımları şişkin ve şirin iki yanağın arasına sıkışmış, kopkoyu kan kırmızısı rengiyle insanda saygı ve hayranlık uyandıran o dudaklar, alt dudağın ucundan kayarcasına aşağı devam eden ve yüzünün tüm derisini gererek boynuna ve ensesine bağlanan çenesinin nazik yumuşaklığı... İşte bunların her biri kalbimin doyumsuz bir beklenti içinde kalakalmasına neden oldu.

Kadının bu denli güzel bir çehreye sahipmiş gibi bir izlenim vermesinde, odadaki fevkalade sıradışı manzaranın yol açtığı *etki*nin de payı olmuş olabilirdi pekâlâ. Fakat tüm bu faktörleri düşsek bile ortalamanın üstünde bir güzelliği olduğu su götürmezdi. Yakın zamanlarda, saf Japon tarzı *geyşa*lara özgü güzellikten kendisine gına gelenlerden biriydim ama zaten bu kadının yüz hatları da *Kusazōşi resimli romanları*ndaki* kadınlar gibi beyaz kavun misali bir solukluktta değildi; *tombiş*, körpe bir yuvarlaklığa sahiptiler. Yüzünde musluktan sarkan bir su damlasına has bir esneklikle, buz gibi bir soğukluğu birlikte barındıran gözleri ve burnu fevkalade düzgündüler. Bu hâliyle yüzünde fettanlıkla kibrin şaibeli şekilde girift olduğu bir hava vardı.

Ve eğer illaki kadının görünüşüne bir kusur bulunacaksa, çehresinin bütün ahengini bozarak ona hafiften aşağılık bir his katan ufacık, dar *Fuci alnı*† ve aşırı kalın denecek denli kalın kaşlarının arasına sağdan ve soldan yaklaşan, nereden baksanız fesat ve asabi minik bulutların peydahlanmış olması ve içlerinden dolup taşan cana yakınlığını bastırmak istercesine sımsıkı kapatılmış olan dudakların kapanma çizgisinde acı, mide bulandırıcı bir ilaç içtikten sonraki o kasvetli nemi de içinde barındıran buruk katmanların birbirine dikilmiş gibi gözükmesi ve... *Her neyse lafı uzatmayayım,*

---

* Kusazōşi resimli romanları (草双紙): Edo döneminin (1603-1867) ortalarından itibaren popüler olan resimli hikâyeler. *–çn*

† *Fuci alınlı* (*Fucibitai*, 富士額): Japonya'da alındaki saç çizgisinin Fuci Dağı'nın doruğu misali çıkıntı yapması bir güzellik emaresi sayılır. *–çn*

bu tür kusurlar bulunabilirdi evvela. Gelgelelim bu kusurlar bile bu mekândaki şu hunharca ve dehşetengiz manzarayla canlı bir şekilde etkileşime geçerek, kadının güzelliğini bir kat daha derinleştiriyor, o güzelliğe perilere özgü büyülü bir cazibe katarak, kusur olmaktan çıkıyorlardı.

Şöyle bir düşününce şu sonuca varmıştım: biz aslında adam öldürüldükten hemen sonra odayı dikizlemeye başlamış olmalıydık. Ya da gözümü gediğe ilk dayadığımda adam belki de son nefeslerini vermekteydi kim bilir? Duvarın hemen yanı başında dikilmekte olan alabros saç tıraşlı delikanlı ve kadının uzun süre çıt çıkarmadan sessizliklerini korumaları, işledikleri suçun etkisiyle sersemlemiş ve şuurlarını bir süreliğine kaybetmiş olmalarından kaynaklanmış olsa gerekti.

"Hazırsınız değil mi abla?"

Alabros saç tıraşlı delikanlı sonunda kendine gelmiş gibiydi. Gözlerini kırpıştırarak kısık sesle kadına fısıldıyordu.

"Hı hı, şu an her şey yolunda. Hadi şipşak bi' çekiver bakalım."

Bunları söyledikten sonra kadın bir usturanın pırıl pırıl parlayan bıçağı misali soğuk bir edayla güldü. O zamana kadar aşağı yöneltilmiş olan kadının gözleri aniden küt diye yukarı doğru açılınca *obsidyen*, yani volkan camı misali kocaman siyah gözbebeklerinin garip biçimde dingin, usulca kaynayan bir pınarı andıran dipsiz bir derinliğe ve ışıltıya sahip olduklarını gördüm ilk defa.

"O hâlde biraz geri çekilin lütfen..."

Delikanlı bunu söyler söylemez, kadınla ceset aniden hareket etmeye başladılar. Kadın geri geri giderek cesedi odanın sağ tarafındaki madeni leğene doğru sürükledi ve mevtayla birlikte tekrar makineye doğru döndürdü. Delikanlı ise üçayaklı fotoğraf makinesinin başına geçmiş, objektifi durmaksızın sağa sola döndürerek kadından tarafa odaklamaya çalışıyordu. Kadınsa şimdi, o kudretli kaşlarını daha da kudretli bir edayla kaldırmış vaziyette, yerde vakur şekilde dizlerinin üstünde oturarak, kucağından her an yere doğru kayıp düşmeye meyilli davul göbekli ceset kaymasın diye koltuklarının altlarından geçirdiği ve ensesinde kavuşturduğu elleriyle cesedi tutmak için muazzam bir çaba sarf ediyordu. Cesedin gövdesi önceye göre çok daha yüksek bir konumdaydı ve başının tepesi kadının çenesine teğet geçer şekilde arkaya kaykılmış, yüzü tavana dönük hâldeydi. Bu manzaradan vardığım hüküm şu oldu: delikanlının fotoğraflamaya yeltendiği şey *tsubuşi şimada* tarzında toplanmış saçlı kadının latif ve cazibeli görünümü değil, hunharca katledilmiş bir insanın cansız yüzüydü.

"Abla be, bir nebze daha yukarı kaldıramaz mısın ya? Adamın şu lömbür lömbür göbeği perdelediğinden üst kısmını çekemiyorum da..."

"Valla, öyle şişko ki bundan fazla kaldırmamın mümkünatı yok ayol! Hakikaten ne kocaman göbekmiş bu böyle ya! Eh nerden baksan elli sekiz buçuk okka* çeken bi' fıçıydı sonuçta bu herif."

İşte böyle, sanki çok sıradan bir şey yapıyorlarmışçasına bir vurdumduymazlıkla laflarlarken delikanlı kocaman negatif filmini yerleştirip objektif kapağını çıkardı. Fotoğrafı çekmesi ve objektif kapağını yeniden kapaması epey zaman aldı.

---

* 75 kg. Eski ölçüm birimi 貫 (kan) kullanıldığı için bu şekilde çevirmeyi uygun gördük. –*çn*

Bu süre zarfında, smokin tarzı kuyruklu ceket giymiş olan cesedin kolları sola doğru bir kurbağanın ayakları gibi sarkmış, keza kafası da sola doğru yatmıştı; adeta annesi tarafından kucaklanmış vaziyette şımarıkça kollarını bacaklarını aşağı salmış inatçı bir bebek gibi görünüyordu. Boynuna dolanmış olan bürümcük kuşak da gevşekçe aşağı sarkıyordu.

"Çektim, çektim. Sıkıntı yok."

Delikanlı bunu söylediğinde kadın şöyle rahat bir nefes aldı, cesedi yüzüstü yere yatırıp *obi* kuşağından* el aynası çıkardıktan sonra, böyle bir durumda bile o güzel saçlarının bozulmasından ürküyormuşçasına inci ve elmas yüzükler taktığı elinin fildişi rengi ayasını uzatarak *şimada* tarzında yapılmış olan kulağının üstündeki saç tutamlarını iki-üç defa nazikçe okşadı.

Delikanlı bambu kepengin öte tarafında bulunan mutfağa gidip musluğu hafifçe açmış olsa gerekti; *ŞIRR diye* hafif bir su sesi geliyordu. Bir kovayı dolduruyordu muhtemelen. Kısa bir süre sonra, sanki bir mahalle hekiminin muayenehanesinin içinde bulunan eczane kısmına girmişçesine acayip, alışılmadık bir ilaç kokusu kırdı burnumun direğini. Evvela, delikanlının negatif film banyosu yaptığını zannetmiştim fakat ilacın kokusu fazlasıyla garip bir keskinlikteydi; koku geldikçe burnumun direğini kıran, gözümü yaşartan kesif bir yakıcılığı vardı, tütmekte olan kükürdün çıkardığı kokuyu andırıyordu.

Derken delikanlı iki elinde birer cam deney tüpüyle bambu kepenginin gölgesinden çıkarak geldi:

"İyi bir karışım oldu gibi... Ne dersiniz abla, nasıl oldu

---

* *Obi* (帯): *Kimono*ların bel kısmına sarılan, süslü geniş kuşak. *–çn*

sizce? Rengi şu kıvama geldiyse tamamdır diye tahmin ediyorum."

Bunları söylerken tam lambanın altında duruyor, deney tüplerini kâh çalkalayıp kâh durultarak içindeki sıvıya bakıyordu. Ne yazık ki kimya bilincim epey bir kıt olduğundan iki deney tüpündeki sıvıların nasıl bir öze sahip ilaçlar olduğunu anlayamıyordum fakat o kesif koku onlardan geliyor olsa gerekti. Delikanlının sağ elindeki sıvı berrak bir mor renge sahipken, sol elindeki sıvı saydam nane çayı rengindeydi. Bu çözeltilerin tavandaki lambanın göz kamaştırıcı ışığında pırıl pırıl parıldamaları çok güzeldi gerçekten.

"Ayy, ne güzel bi' renk bu böyle! Mor kristal ile zümrütün karışımı gibi... Zaten bu renge büründüyse ilaç kıvamına gelmiş demektir."

Bunları söyleyerek güldü kadın. Bu kez, o önceki müthiş kahkahasından farklı bir şekilde ağzını kocaman açmasına karşın ses çıkarmadan, daha bir zarif şekilde gülmüştü. Alt çenesinin sağ orta tarafında bulunan dişleri altınla kaplıydı ve sol tarafta ise yamuk duran bir diş çıkıntı yapıyor, çiçek misali hoş gülümsemesine daha fazla bir sevecenlik katıyordu.

"Ne kadar da güzel! Şu renge bakınca, bunun aslında ölümcül, korkulası bir ilaç olduğu insanın aklının ucundan dahi geçmiyor..."

Böyle dedi delikanlı yine cam tüpü başının üstüne kaldırıp ona hayran hayran bakarak.

"Korkunç bi' ilaç da işte o yüzden bu kadar güzel ay! Hani şey derler ya... *Şeytan da Tanrı kadar güzeldir* derler ya o misal!"

"Ama var ya, elimizde bu olduğuna göre ferahlayabiliriz.

Bu ilaçla eritildiğinde zerresi bile kalmaz. Kanıt teşkil edecek ne varsa yok olup gider..."

Kendi kendine konuşur gibi bunları söyleyen delikanlı ağır ve emin adımlarla madeni leğenin yanına doğru ilerledi; akabinde, ilaçla dolu deney tüpünü usulca damla damla leğene akıttı, ardından da küçük mutfak lavabosuna seğirtip beş altı bardak kadar su koyduğu kovayı getirip leğene boca ediverdi.

O zaman, ne yapmışlardı?

Çözelti ile neyi eritmişlerdi?

Ve o kükürt gibi kokan, mücevheri andıran, zarif renkli olan ilaç nasıl yapılıyordu?

Her şeyden önce böyle bir ilaç şu dünyada gerçekten var mıydı? Şimdi geriye dönüp şöyle bir düşündüğümde, tüm bunlar bana hayal mahsulü şeyler gibi geliyordu.

*

"Böylece bırakırsak yarına kadar ekseriyetle erir gider."

Bir süre sonra böyle söylemişti delikanlı. Kadın şöyle yanıtladı:

"Aman bu herif geçen seferki Matsumura Bey gibi kolay kolay erimeyecek denli *dombili*. Vücudunun tamamen eriyip yok olması epey uzun zaman alacak."

Kadın bu cevabı, her ikisi halen smokin tarzı kuyruklu ceket giymiş vaziyetteki cesedi kucaklayıp *CUMBURLOP* diye eritme ilacıyla dolu leğenin içine batırdıktan sonra sakin bir edayla vermişti.

Cesedi ilaçlı suya batırırken kadın ıslanmasın diye *kimono*sunun yenlerini *tasuki** kuşağıyla arkasından dolan-

---

* *Tasuki* (襷) kuşağı: *Kimono* gibi Japon kıyafetlerinin yen ve kol eteklerinin sarkarak yapılan işe engel olmaması için onları bağlamak ve

dırarak bağlamış durumdaydı; bu ona daha cesur bir hava veriyordu. Bu pozu apak kollarını ifşa etmişti fakat mevtayı atmalarının akabinde de kadın kuşağı çözmedi, kuyudaki *Jokanaan* yani Vaftizci Yahya'nın* kesilmiş başına bakan Salome misali iki elini leğenin kenarlarına dayayarak dikkatle suyun yüzüne bakıyordu. 20-21 santim uzunluğunda, yakuttan gözleri olan yılan şekilli bir altın bileziğin mermer bir sütun gibi görünen bembeyaz sol koluna dolanmış olduğunu ayan beyan görmüştüm.

Fakat öldürülen adamın cesedinin ilaç içinde nasıl eridiğini göremedim maalesef... Daha önce de beyan ettiğim gibi leğen Batılıların küvetlerini andırıyordu, uzun ve yüksek bir şeydi; sadece azıcık su yüzeyinde görünen mevtanın davul misali şiş göbeği ile onun etrafında kaynayan suyun fokurtuları misali minik kabarcıkları görebilmiştim.

"Vay be! Bugünkü ilaç pek güzel tesir ediyor, yanılıyor muyum abla? Bakın, o koca göbek nasıl da eriyip gidiyor... Bu gidişle yarın sabaha kadar bile sürmez gibi görünüyor."

Alabros saç tıraşlı delikanlının bunları söylediğini fark edip daha bir dikkat kesilince, gördüm ki hayret edilesi şey, koca göbek, fevkalade yavaş bir tempoyla, balonun sönüşü misali büzüşüyordu; nihayetinde, ak yeleğinin ucu da suya battı gitti.

"Ay iyi bari, her şey tıkırında gitti! Sonrasını yarına bırakalım, saat geç oldu yatalım yavaş yavaş."

Kadın bir şeylere bozulmuş gibi *CUP* diye patates çuva-

---

sabitlemek üzere kullanılan bir tür sicim. Sırttan çapraz olarak geçirilir ve her iki omuzun etrafından bağlanır. *–çn*

* Richard Strauss tarafından Oscar Wilde'ın Fransızca olarak kaleme aldığı *Salomé* (1891) adlı oyunundan uyarlanan aynı adlı tek perdelik operasındaki (1905) bir sahneye gönderme yapılıyor. *–çn*

lı misali kendini yere bırakarak *tatami* döşemesinin üstüne oturdu, koynundan bir sigara çıkardı ve bir kibrit çakıp yaktı.

Alabros saç tıraşlı delikanlı, kadının dediğini yaparak sundurmanın yanındaki gardıroptan acayip derecede şatafatlı bir şilte ve nevresim çıkarıp onları odanın ortasına serdi.

Kallavi bir ağırlığa sahip olan iki katlı şiltenin alt kısmındaki katı simsiyah kadife kumaştandı, ikincisi ise Şam satenindendi; hafif ve serin bir dokusu olduğu belli olan, yenleri uzun yorganımsı kenevir geceliği* ise şeftaliyi andıran bir pembelikteydi ve sathında Hint usulü tahta baskı motifleri bulunuyordu. Delikanlı kadının şiltelerini ve nevresimlerini serdikten sonra, yatmak üzere yan tarafta bulunan antreye geçti; yatacağı yer orası olsa gerekti.

Kadın oldukça fiyakalı gözüken, yumuşak ve parlak ak ipek kumaştan *kimono* tarzı geceliğini giydiği gibi şiltesine gitti; ayaklarını bastığı şiltesi, *HAŞIRT* diye çamura basmış gibi çukurlaştı. Bir süre şiltenin üstünde oturduktan sonra *Yuki-corō,* yani *Kar Kızı* adlı hayaleti† andıran görünümüyle ayağa kalktı ve elektrik düğmesini yana doğru çevirerek ışığı söndürdü.

Eğer kadın o anda ışığı kapatmasaydı... Evet, kapatmasaydı, muhtemelen o gece şafak söküp tan ağarıncaya kadar gözlerimi o gediğe sabitlemiş hâlde, ne kadar büyük bir tehlike altında olduğumu unutarak, aklımı başımdan alan

---

* *Kaimaki geceliği* (掻巻): Giyen kişinin kollarını sokabileceği yen kısımları olan, ince yorgan şeklindeki geleneksel gecelik. *–çn*

† *Yuki-corō* (雪女郎): Yoğun kar yağışlı gecenin ruhunu cisimleştirerek peyda olan ak benizli ve beyaz cübbeli dişi hayalet. *Karlar Ülkesi* (雪国) başlıklı halk hikâyesinin kahramanıdır. *–çn*

bu manzaraya belamı bulana dek bakıp duracaktım. Oda aniden karanlığa gömülünce, nihayet bir saattir iki bina arasındaki dar aralıkta dikilmekte olduğumu hatırlayıverdim. Yo, doğrusunu söylemek gerekirse, karanlık olduktan sonra da bir süreliğine adeta bir beklenti içindeymişçesine pencerenin önünde öylece dikilmeye devam ettim.

Böylelikle, bir düşten uyanmış gibi kendime geldiğimde, göğüs kafesimin içinde çırpınan yüreğime saldıran şey ayak seslerimi içeridekilere duyurmadan bu dar geçitten nasıl çıkacağım endişesiydi. İki ev arasındaki bu insana daral getirecek denli sıkışık alanda, en ufak bir ayak sesi çıkarmam durumunda evdekilerin bunu işitmemesinin imkânı yoktu.

Deminden beri kadınla delikanlının fısıldaştıkları her sözü bariz şekilde işitebilmiş olmam da bizimle onlar arasındaki mesafenin ne kadar yakın olduğunu ortaya koyuyordu. Şayet işledikleri suça gayriihtiyari bizi şahit ettiklerini fark ederlerse, akıbetimiz ne olacaktı kim bilir? Kötülüklerinde ne kadar cüretkâr, yöntemlerinde ne kadar maharetli, planlarında ne kadar titiz ve itinalı olduklarını, ne kadar kindar ve muhteris olduklarını, bu gece gördüklerimden aşağı yukarı hayal edebiliyordum. Buradan herhangi bir zarar görmeden paçayı kurtarsak bile bizi bir kere görüp gözlerine kestirdiler mi, hayatlarımızı ne zaman hedef alacakları hiç belli olmazdı. Hiçbir uzvu koparılmadan, yekvücut hâlinde madeni leğene atılıp eritilmekte olan adamın kör talihi mi bekliyordu yoksa bizi? Her halükârda, sürekli bu tehdidin bilincinde olarak, sürekli teyakkuz hâlinde kelle koltukta günler geçireceğimiz kesindi. Tüm bunları düşününce, korkudan adeta ayaklarım oracığa çakılıvermişti, yerimden kımıldayamaz olmuştum.

Canımın tehdit altında olduğunu ve bir nevi *hayat-memat bölgesine* düştüğümü hissediyordum. Bir anda yapılacak en güvenli şeyin yirmi-otuz dakika boyunca kımıldamadan durmak, uykuya daldıklarından emin olunca kimseye sezdirmeden oradan ayrılmak olduğu gelmişti aklıma. Dar geçitte daha beride kaldığından ben hareket etmeden zaten oradan çıkamayacak durumdaki Sonomura da anlaşılan aynı şeyi düşünmüş olacaktı ki olası pervasız bir hareketimi durdurmak maksadıyla sağ elimi sımsıkı kavramış, nefesini tutmuş vaziyette oracıkta dikiliyordu.

Şöyle bir düşününce gerek Sonomura gerekse ben, adeta *yerin demir göğün bakır kestiği* o gergin koşullarda sakinliğimizi ve soğukkanlılığımızı korumayı nasıl başarmıştık, hayret etmeden edemiyorum. Korkudan dişlerim öyle bir takırdıyordu ki alt ve üst çenemi bitişik tutamıyordum; titreyen iki bacağımın gövdemi ayakta tutması da takdire şayandı doğrusu. O anda, o dehşet hissim bir nebze daha şiddetli olsaydı, gövdemin, kollarımın, diz kapaklarımın titreyişleri biraz daha kuvvetli olsaydı, öyle çıt çıkarmadan kalabilir miydim acaba? Benim gibi ödlek bir adamın bile, canlı kalma ihtimalinin onda bir olduğu böylesi bir *hayat memat bölgesi*nde, nasıl mucizevi bir cesaretle donanabildiğini tüm bedenimde şimdi bir kez daha hissetmeden edemiyorum.

Gelgelelim bereket versin ki çok uzun süre orada kıpırdamadan dikilmek zorunda kalmadık.

Zira ışıklar söndükten en fazla on dakika sonra, hemen dibimizdeki odadan, huzur dolu bir mışıltıyı barındıran kadının uyku teneffüsü ile alabros saç tıraşlı delikanlının gürül gürül ve hiçbir şey olmamış gibi bir iç rahatlığını ima eden horlamasını işittik—*yürek mi yemiş bu tipler yahu?*

Bunun üzerine canımızın kıl payı kurtulduğunu hissederek, pürdikkat kesilip ayakuçlarımızda o daracık *tünel*den çıkıverdik.

Dışarı çıktığımızda Sonomura omzuma dokunarak şöyle söyledi:

"Az bekle. Sana balık pulu şekilli (△) nişanı göstermeyi unuttum. Aha bak hele. Şurada ak üçgen şekilli bir nişan var, gördün mü?"

Böyle diyerek evin saçaklarını işaret etti. Hakikaten de orada, tam kapı levhasının asılı olduğu yerde, ak mürekkeple çizilmiş, dolayısıyla gece görüşüyle rahatlıkla görülebilen bir balık pulu nişanı vardı.

Ne kadar düşünürsem, her şey o kadar bir gizem, bir yanılsama intabayı bırakıyordu bende. Gizem olsa bile fazlasıyla tuhaf bir gizem, yanılsama olsa bile fazlasıyla tuhaf bir yanılsamaydı bu. Kendi çıplak gözlerimle şahit olmuştum o manzaraya, su götürmezdi bu ama yine de kandırıldığım hissinden bir türlü kurtulamıyordum.

"Eğer tabana kuvvet bir-iki dakika daha erken koştursaydık o adamın öldürülüşünü seyredebilecektik ya! Çok yazık oldu be..."

Sonomura böyle söyledikten sonra derhal yılan gibi kıvrım kıvrım kıvrılan daracık sokakları takip ederek Ningyoçō Caddesi'ne çıkıp oradan da *Edo Köprüsü*'ne doğru yürüdük. Nemli, nahoş bir yel yanaklarıma vurdu soğuk soğuk... Parçalı bulutlu gök birden tamamen kapandı, göz açıp kapayasıya perdeleniverdi yıldızlar. Her an yağmuru dökecekmiş gibi görünen ve eski bir döşeğin pamuklarını andıran bulutlar kaplamıştı tüm semayı.

"Bak Sonomura kardeşim, alçak sesle bile olsa böyle şeyleri

sokakta konuşmasak daha iyi etmez miyiz? Kaldı ki biz şimdi nerden geçip hangi lanet olası yoldan geri döneceğiz, fikrin var mı senin? Gecenin yarısında böyle tenha bi' yerde birileri bize dalaşırsa alırız başımıza belayı, bak demedi deme!"

Kaşlarımı çatıp sert bir çehreyle azarlar gibi söylemiştim bunları. Ben Sonomura'dan çok daha fazla heyecanlıydım ve rayından çıkmış tren misali sağa sola savrulduğumu hissediyordum.

"*Birileri bize dalaşırsa mı?* Yoo, öyle bi' şey olmaz merak etme. Bunlar senin bi' tarafından uydurduğun vesveseler, kuruntular... Sen zannediyo musun ki bu cinayet yarın hemencecik gazetelerin sabah baskılarında neşredilecek ve dünya âleme teşhir edilecek? O denli maharete, hünere sahip tipler, artlarında delil bırakacak, polis dedektiflerini başlarına üşüştürecek denli bir sakarlık yapar mı hiç? Maktül, muhtemelen, bir süre kayıp şahıs muamelesi görür, sonra da unutulur gider; hem başka n'olacak ki? Bundan adım gibi eminim ben. Yani, velev ki biz onlar gibi yeraltı dünyasından olsaydık bile, toplumun kınayıcı bakışlarına maruz kalmaktan korkmamıza hiç mi hiç hacet olmazdı. Zaten en büyük endişem toplumun kınayıcı nazarına maruz bırakılmak falan değil; *o katillerin bakışlarına maruz kalır mıyız acaba* diye bi' endişeydi. Zira, bi' kere o herifle o karının bakışlarına takıldık mı, artık bu dünyada çok fazla kalamayacağımız muhakkak; bunun toplumun bizi kınamasından çok daha ürkütücü olduğu su götürmez. Ammavelakin, bereket, talihimiz yaver gitti de kurtulduk onlardan; artık mutlak surette emniyetteyiz, korkulacak en ufak bi' şey de yok. Dolayısıyla, artık canlarımızı bu tehlikeli durumdan kurtardığımıza göre şimdi yapmak istediğim bi'çok iş var benim."

"Daha ne işin var be kardeşim! Bu gece gördüklerimizle bu vakanın dosyasını kapatmış olmadık mı yahu!?"

Sonomura'nın ne demek istediğini anlamadığımdan ötürü, bunları söylerken onun bana pis pis sırıtan yüzüne kuşkuyla bakmıştım dik dik.

"Yoo, dosya kapanmış mapanmış değil. Bilakis her şey şimdi başlıyor, vaka çok daha ilginç bir hâl alacak bundan sonra. Onları işkillendirmemiş olmamızdan istifade ederek, hiçbir şeyden habersizmiş gibi yapıp gideceğim yanlarına. Ne yapacağımı yakında görürsün."

"Ya böyle tehlikeli işleri bırakmalısın harbiden. Hafiyelik hünerini yeterince anladık, takdir ettik be kardeşim."

Onun *acayip işlere olan merakı*, beni şaşırtmaktan ziyade öfkelendiriyordu şimdi.

"Hafiyelik işini tamamladım, bitti, başka işi ifa edeceğim... Neyse detayları takside konuşalım... Bu arada bak saat geç oldu, sen iyisi mi bu gece bende kal."

Bu sözlerinin üzerine, *Uogaşi*, yani *Balık Pazarı* istikametinden son süratle gelen bir taksiyi durdurduk.

Taksi bizi aldığı gibi Merkez Postanesi'nin önünden Nihonbaşi Köprüsü'nün* oraya kadar gittikten sonra gecenin derinliğine özgü bir sessizliğe bürünmüş asfalta gömülü tramvay raylarının tam üstünden dümdüz ilerledi.

"...Hah az evvel ne diyodum..."

Böyle lafa başlayan Sonomura yüzüme doğru eğildi. O andan itibaren giderek canlandı, kaynadı coştu, pek de normal görünmeyen sıradışı bir parıltı gözbebeklerini doldurur oldu. Elbette, tamamen aklını yitirdiğini söylemek haksızlık olurdu da az biraz kafayı yediği aşikârdı. Sinirlerinin en

* Tam Türkçesi Japonya Köprüsü (*日本橋*) olan köprü. *–çn*

tuhaf yerlerde kâh keskinleşip kâh körelmesi, zihni tuhaf şekilde berrak çalışırken ansızın çocuksu bir masumiyete bürünmesi, tüm bunlar hastalıklı hareketler olarak değerlendirilebilirdi ancak. Öte yandan, tam da böyle hastalıklı olması sayesinde, bu geceki gibi dehşet verici bir olayı öngörebilmiş olduğu da su götürmezdi.

"Benim şimdi ne yapacağımı, nasıl bir planımın olduğunu anlatınca hemen anlarsın ama her şeyden evvel bu geceki cinayet mahallindeki o manzaraya dair izlenimlerini merak ediyorum. Elbetteki dehşete düşmüşsündür... Ama sadece dehşetengiz miydi o manzara? Dehşete kapılmanın yanı sıra, mesela, kadının davranışları ya da görünüşü karşısında başka türden şaşkınlık duygularına kapılmadın mı? Kadının davranışları ya da görünüşünde bir gariplik hissetmedin mi?

Sonomura bu şekilde sorarak sıkıştırdı beni.

Ancak bu sorulara yanıt verebilecek hâlde değildim; ruhum ağırlaşmış, kasvetlenmişti.

Kafamın derin bir köşesine kazınmış o mekânın manzarasını, muhtemelen *ömrü hayatım boyunca* unutamayacağım o manzarayı hatırlamıştım, o görüntü zihnime bir hayalet gibi musallat olmuştu... Sonomura'nın beni süzen suratına dalgın dalgın bakmaktan başka bir şey gelmiyordu elimden.

"... Şimdi eğri oturup doğru konuşalım, sen, o delikten odayı dikizleyene kadar benim tahminlerimden kuşkulanıyodun, di mi? Taa en başından beri cinayet minayet görmeyeceğimizi sanıyodun, di mi?"

Böylece, Sonomura hâlimi *kaal*e almadan anlatmayı sürdürdü.

"Dünden beri deli olduğumu düşünüyodun ve bi' zırdeliye göz kulak olmak maksadıyla ta o sokağın derinliklerine değin takip ettin beni. Yüreğinin içinde bi yerlerde, benim tam bi' baş belası olduğumu, sana zahmet-eziyet vermekten başka şey yapmadığımı falan hissederek geldin peşimden. Her dediğime sanki onaylıyomuşsun gibi başını emme basma tulumba misali sallayışını çakmadım mı sanıyosun yoksa? Bana *terelelli* muamelesi yaptığını çok iyi biliyodum. Yo, belki de hâlâ zırdeli olduğumu zannediyo bile olabilirsin. Amma velakin, ister deli olayım ister olmayayım, senin o gedikten gördüğün manzara, zerre kadar şüphe bırakmayacak denli katıksız hakikatin ta kendisidir! Sen bile inkâr edemezsin be bunu! Ve ona şüphe yok ki benden farklı olarak, o sahneye hazırlıklı olmadığından, gafil avlandın, dolayısıyla o manzaranın uyandırdığı hayret ve dehşetin dozu sende çok daha kuvvetli oldu. En azından ben, o manzarayı senden çok daha soğukkanlı şekilde gözlemlediğim kanısındayım. Gözlerim, o kadının kucağına yuvarlanmış yatmakta olan cesede değdiğinde, benim hayretimin senden geri kalır yanı yoktu aslında fakat benim şaşırma sebebim seninkinden tamamen farklıydı...

"Muhtemelen kadının arkası sana dönükken kucağında ne olduğunun ayırdına varmamıştın. Dolayısıyla, o kadınla alabros saç tıraşlı delikanlının ne yapacağına dair en ufak bi' fikrin bile yoktu. Fakat ben o ikisinin gölgesinde bi' cesetin bulunduğundan daha en başından emindim. Hatırlıyosundur, kadın başlangıçta tamamen dikiz gediklerimizi kaplayacak kadar yakındı bize. Üstelik benim içinden baktığım gediğin konumu, takriben seninkinden otuz santim kadar aşağıda olduğundan, bi' süre boyunca kadının vücudunun sırtından sağ omuz başına kadar olan kısmını ve madeni leğenin yan tarafından başka bi' şey görememiştim.

"Akabinde, anımsarsın, bi' ara kadın dizlerinin üstünde iki metre kadar ilerlemişti. Sen o esnada gedikten gözlerini ayırmıştın ama kadın o ara dizlerinin üstünde yürüyerek bir *tatami* hasırı boyunca öne çıkmıştı. Lakin bize tam arkası dönük vaziyette dosdoğru ileri gitmiş olduğundan gövdesinin gölgesinde neyin gizlendiğini görebilmiş falan değildik. O anda, ilk kez kadının arkadan görünüşünü tamamen görebilir hâle gelmiştik. Kadın sol yanına doğru hafifçe eğilmiş, elleri dizlerinin üzerinde oya yapıyomuş gibi bi' vaziyette oturmuştu. Öyleydi, di mi, yanılıyo muyum, ha? Kadının o oturuşuna bakar bakmaz kucağında boğulmuş bi' adamın başı olduğunu sezinledim. Öyle alıcı gözüyle bakılmadığında herhangi bir sıradışılık yokmuş gibi görünür ama dikkat kesildin mi, bunun sıradan bi nesneyi taşıma vaziyeti olmadığını anlarsın. Nitekim fark ettin mi bilmiyorum ama kadın gerek bel kemiğini gerekse sırtını baston yutmuş gibi germiş, buna karşılık, başını öne kaykıltmış, neresinden baksan hiç doğal olmayan bi' eğilme vaziyeti sergiliyordu. Kadının çok zinde ve esnek bi' vücudu vardı ve epey yumuşacık görünen bi' *merasim kimonosu* giydiğinden bayağı dikkat kesilmedin mi bu oturuşun ne derece doğallıktan yoksun olduğunu anlayamazdın ama ben dikkatim sayesinde, her halükârda kucağına ağır bi' şey yüklemiş olduğunu ve bütün bedeniyle onun ağırlığına direnmeye çalıştığını kestirebilmiştim. Gücünü, özellikle her iki kolunda toplamış gibiydi, nitekim her iki omzundan dirseğine kadar oldukça zorlandığından olsa gerek, kaslarındaki seğirmeler ve titreyişler, çok belirgin değildi ama tüm bunları oldukça bariz şekilde hissedebiliyodum.

"Hatta o titreyişler peyderpey kadının uzun eteklerinin ucuna kadar dalga dalga yayılıyodu. Dahası, şöyle bi' akıl yürütmede bulunmuştum: kadın çoktan katledilmiş olan adamın yanına dizleri üstünde ilerleyerek gitmiş, mevtanın gövdesini kucağına yatırmış, gerçekten nefessiz kalıp kalmadığını teyit ederek, öldüğünden emin olmak maksadıyla bi' kez daha sıkmış olsa gerekti ümüğünü. Öyle olmasaydı duruşu da oturuşu da o şekilde olmazdı. Kol kaslarını seğirtecek kadar zorlamasının sebebi, her iki eliyle bürümcük kumaşından kuşağı çekmiş oluşuydu. İşte böyle, kadının gölgesindeki cesedi o andan itibaren fark ettiğim için mevtayı gördüğümüzde pek şaşırmadım. Beni asıl şaşırtan şey kadının güzelliği oldu. O sırada hâlâ suç eylemine odaklanmış olduğumdan kadının yüzünü gördüğümde nasıl da hayretlere düşmüştüm!"

"...Tamam, kabul ediyorum, kız gerçekten çok çekici..."

Her nedense o saat Sonomura'nın söyledikleri sinirime dokunduğundan kasten kesivermiştim sözünü. Akabinde de şöyle devam ettim:

"Kabul etmesine ediyorum ama senin bu saatten sonra o kadının güzelliğine övgüler düzmen, *methi sena* etmen pek bi' garip kaçmıyo mu yahu? Yani alıcı gözle baktığında tamam güzel olmasına güzel de onun kalibresinde güzelliğe sahip olan pek çok birinci sınıf *geyşa* yok mu sonuçta. Daha da mühimi Şinbaşi ve Akasaka'da zamparalık yaptığın zamanlarda, buna benzer onlarca kadınla düşüp kalkmıyo muydun sen?"

Bunları söylerken niyetim ona takılmaktı aslında. Zira Sonomura geçenlerde şöyle bir laf etmişti:

"GEYŞALARIN İÇİNDE GÜZEL BİR KADIN BİLE BULMAK NE MÜMKÜN!"

Böyle bir yargıda bulunarak zamparalıktan ve gece hayatından elini eteğini çekmiş, kendini tamamen Batı sinemasının *hareketli resimlerini* izlemeye vermişti. Arada canı kadın çektiğindeyse Yoshivara'daki* Kogōşi randevuevlerine† ya da Rokku mahallesindeki meyhane görünümlü kerhanelere giderek cinsel arzularını sade bir şekilde tatmin edebiliyordu. Bir zamanlar ailesinin servetini tüketme çılgınlığına düşmüş ve *geyşa*lı lüks eğlence mekânlarının müdavimi olmuşken, son zamanlarda *geyşa*lardan aşırı raddede tiksinen biri olup çıkmıştı. *"Asakusa Parkı muhitindeki üçüncü sınıf meyhanelerin hayat kadınları, geyşalardan bin kat daha güzeldir,"* diye beyanlarda bulunurdu yüzüme karşı sıklıkla. Uzun sözün kısası zevkleri o kadar yozlaşmış, o kadar ayağa düşmüştü ki bu geceki kadını övmesi bana pek bir çelişkili gelmişti.

"Hem sen, o kadının, kalın kaşlarından gözlerinin etrafına doğru dalga dalga yayılan garip ifadeyi; vahşi bi' hayvana mahsus o zalimlik ve kuvveti beraberinde barındıran o ifadeyi fark etmedin mi yahu? Kadının o dudaklarındaki soğuk ve dipsiz kurnazlık bi' şeylerden pişmanlık azabı çekiyomuşçasına, tuhaf şekilde kederli bi' rutubeti taşıyan o hatlar, o renkler karşısında ne hissettin? *Geyşa*ların içinde böyle hastalıklı, mariz bi' güzelliğe sahip tek bi' kişi bile var mıdır! Tek tek eşkâl özelliklerine bakarsan, eli yüzü düzgün kadınlar istemediğin kadar çoktur. Fakat o kadınınki gibi derin bi' güzellik *geyşa*ların tek bi' tanesinde bile görülür mü? Hiç sanmam. Ha ne diyosun kardeşim, sen de benimle aynı kanıda değil misin?"

---

* Yoşivara (吉原): Japonya'da meyhane-randevuevi karışımı mekânların bulunduğu semt. Edo Devri'nde (1603-1867) kurulmuş ve o dönemin birçok edebiyat ve tiyatro eserine ilham kaynağı olmuştur. *–çn*

† Kogōşi (小格子): Yoşivara ve civarındaki alt sınıf randevuevlerine verilen ad. *–çn*

"Değilim!" diye son derece soğuk bir edayla kestirip attım. Akabinde de şöyle devam ettim:

"Yaa tamam, suratı güzel olmasına güzel de alelade bi' güzellik türü bu sonuçta; bunu bi' düşün bence. Onu gördüğümüzde, cinayet işlemişti o kadın be! Böyle bi' fenalık işlerken her insanın yüzünde gayriihtiyari acayip bi' ifade peyda olur, yanılıyo muyum? Çehresine derinlik gelmesi ve hastalıklı bi' hâl alması son derece doğal değil mi? Olay şu: kadın zaten sıradışı bi' dilber olduğundan o hastalıklı güzelliği daha bir parıldayarak kendini gösterdi ve bi' nevi hunharlık, canilik içeriyomuş gibi göründü, o kadar. Şayet o kadınla eğlence mekânındaki bi' *geyşa* sofrasında karşılaşsaydın, albenisini yitirir, diğer *geyşa*lardan hiçbi' farkı kalmazdı."

Biz böylece münakaşa ederken, taksi Sonomura'nın Şiba Parkı muhitindeki evinin önüne yanaşmıştı bile. Saat neredeyse dört olmuştu; kısa yaz gecesi usulca güne dönüyor, beyaz bir şafak söküyordu... Bütün gecenin o koşuşturmasıyla harap ve bitap düşmüş bedenlerimizi dinlendirmek gibi bir niyetimiz falan yoktu yine de... Tekrardan dün akşam yaptığımız gibi çalışma odasındaki geniş koltuğa oturmuş, Brandy kadehlerimiz ellerimizde, *ha babam de babam* sigara yakıyor, *ha babam de babam* fikirlerimizi çakıştırıyorduk.

"Her şey bi' yana, sen neden kadının güzelliğini enine boyuna tartışıp duruyosun ki? Ondan ziyade o suç fiilinin mahiyeti bana çok daha ilginç geliyo."

Sonomura dudağına götürmüş olduğu kadehten bi' yudum aldı ve kadehi masanın üzerine bırakarak devam etti:

"O kadınla yakınlaşmak istiyorum ben," dedi, içi içini kemiren bir çaresizliğe kapılmış bir edayla; efkârlı kafasını toparlayamıyormuş gibi bir hâli vardı. Uzunca iç çektikten sonra pes bir sesle söylemişti bunları.

"Gene nüksetti di mi lan hastalağın?"

Kafamdan geçirmekte olduğum bu fikri yüksek sesle dışa vurmaktan kendimi alamamıştım.

"...Ya gözünü seveyim, şu zırdeli ayaklarını bi' bırak... Kadına yaklaşıp da onunla yüz göz olursan, akıbetin o kuyruklu ceketli adamın aynı olur bak ha! Sen ne kadar böyle alengirli, esrarengiz işlere meraklı olursan ol, bu işin sonunda ümüğünü sıkar, üstüne bi' de ilaçlı suda eritirler seni, *öbür tarafa* doğru dönüşü olmayan bi' yolculuğa çıkarsın! E tabi canını harcamaktan imtina etmiyosan, o kadına yaklaşmak da hiç fena fikir değil hani!"

"Azıcık yakınlaşmam tutup da hemen küt diye beni öldüreceği anlamına gelmez kadının. En başından tedbiri elden bırakmadan bu işe giriştiğim sürece her şey yolunda gider. Kaldı ki senin de az evvel söylediğin gibi kadın onların sırlarını öğrenmiş olduğumuzdan bihaber; o yüzden beni öyle ortada fol yok yumurta yokken öldürmeye yeltenmez. Tam da burası işin en ilginç yanı bence!"

"Senin hakikaten aklından zorun var ulan! Deli olmasan bile, epey şiddetli bi' ruhsal buhrana yakalanmışsın sen. Harbiden dikkatli olmalısın yoksa alacaksın ihaleyi bak!"

"Ah canım benim, çok sağ ol, minnet ve şükranlarımı sunarım sana! Ama pek istirham ederim, beni bi' bırak ya kendi hâlime. Malumun olduğu üzere son günlerde ne şu naçiz bedenimle ne de hayatımla başa çıkabiliyodum. Bu acayip ve tahrik edici olayları tecrübe etmesem, yaşamayı sürdüremeyecek ve canıma kıyacaktım nerdeyse—tam da böyle bi' hissiyat içindeydim işte. Bu geceki gibi ilginç bi' olayı yaşamamış olsaydım, yine tekdüzelik silsilesinin esiri olur, o ızdırapla aklımı kaçırırdım büyük olasılıkla!"

Bunları söylerken, kendisinin ve deliliğinin şerefine içiyormuşçasına doldurmaya devam ediyordu kadehini. Öteden beri içkiyle arası iyiydi; hafiften alkol bağımlısı olduğu rahatlıkla söylenebilirdi. Nitekim ayıkken bile parmaklarının ucu tiril tiril titrerdi. Buna rağmen, alkol damarları vasıtasıyla tüm bedeninde dolaşmaya başladıkça benzi sapsarı oldu, adamakıllı solgunlaştı, gözbebekleri derin bir mağara misali berraklaştı, durulaştı, tuhaf bir sakinlik bürüdü tüm suratını.

"Eğer canından endişe etmiyosan bittabi yaklaşabilirsin kadına. Fakat ona nasıl yaklaşacaksın? Kadının toplumsal mevkiini ve hangi koşullarda yaşadığını ne biliyosun ki? Mesleğinin *geyşa*lık olduğunu kabul etsek dahi bildiğimiz anlamda bi' *geyşa* değil kuşkusuz. Kadının ne amaçla adam öldürdüğünü, o ürkünç eritici ilacı nereden bulduğu ve o alabros saç tıraşlı delikanlıyla ilişkisinin mahiyetinin ne olduğu gibi meseleleri açıklığa kavuşturduktan sonra o kadına yaklaşmaya çalışman, senin için daha emniyetli olacaktır kanımca. Hiç olmazsa, şu kardeşinin nasihatini dinle."

Sonomura'nın durumu ve akıbeti hakkında içim içimi yiyordu.

"Kıh kıh kıh" diye burun nefesiyle alaycı, hor gören bir edayla kıkırdadı Sonomura ve ekledi:

"Ben kadının *geyşa* olduğuna dair kesin bi' beyanda bulunmadım ki... Öyle bi' kadının *geyşa*dan başka bi' şey olamayacağını tahmin ediyorum sadece... Bunun haricinde bi' yorum getiremiyorum olaya; o yüzden o kadın eğer *geyşa* değilse ne tür bir insandır, bu hususta senin fikrini duymak isterim. Duymak istediklerim bununla sınırlı değil tabii: o suç fiilinin saikini de, hiç lüzumu yokken cesedin resmini çekme sebeplerini de, mevtayı ilaçla eritme nedenlerini de, sonracığıma o dehşet verici ilacın markasını da izah edebilirsen pek makbule geçer. Tüm bunlar hakkında aydınlat beni kardeşim. Bu garip hususların her biri benim için adeta birer gizem teşkil ediyor; böyle hissediyorum ve onları açıklayamıyorum. İşte o sebeple, bu husustaki düşüncelerini duymak istedim hep."

Evvela böyle meseleleri ortaya koymamın, yarı tırlatmış vaziyetteki Sonomura'nın kafasının işleyişini gideraYak daha da ucube istikametlere yönelteceğini, bunun da kendisi için hiç mi hiç hayırlı olmayacağını düşünmemiş değildim. Ne var ki yine de bu sualleri sormasaydım içim rahat etmeyecekti; zira az önce şahit olduğum suç eyleminin görüntüsü, merakımı acayip derecede körüklemiş, tahrik etmişti.

"Yaa, şimdi, o olayda anlamadığım pek çok nokta var. Ama seninle genel gözlemlerimi paylaşabilirim."

İşte böylece, bir öğretmenin talebelerine ders anlatışı tarzı bir ağızla tane tane anlatmaya başladı.

"Aslını istersen, bu şaibeleri nasıl çözmem gerektiği, hâlihazırda üzerine düşünmekte olduğum bir mesele. O yüzden bu konuda kesin hükme varabilmiş değilim. Fakat her şeyden önce şunu söyleyeyim, kadının *geyşa* olmadığından eminim. Onunla hareketli resim izlediğimiz o sinema salonunda karşılaştığımda, *saçak* tarzında* toplamıştı saçla-

* Saçak tarzı (*庇髪, hisaşigami*): Bir evin saçakları misali ön ve yan saçlar dışarı doğru çıkıntı yapacak şekilde toplanan ve ortası topuz yapılan Batılı saç toplama yöntemi. 20. yüzyıl başlarında Japon genç kızları arasında revaçta olmaya başlamıştır. *–çn*

rını. Dahası, parmağıyla diğer adamın eline bi' şeyler yazdığı sol elinde bu gece taktığı gibi bi' yüzük yoktu.

"Tüm bunlara ilaveten, dikizleme gediklerine gözümüzü dayadığımız anda kadının *kimono*sundan tatlı, hoş rayihalı bi' tütsü kokusu çarpmıştı burnumuza. Ne var ki evvelki gece, sinema salonunda, ona çok daha yakın olmama rağmen öyle bi' kokuyu duyamadım; koklama duyum çok keskindir, ona rağmen üstelik! Ama elbette, geçen geceki kadınla bu geceki kadının aynı kişi olmadığı manasına gelmiyo tüm bunlar. İşi cesedi ilaçla eritmeye vardıracak denli tüm delilleri yok etmeye özen gösteren birinin böylesine önemli bi' meseleyi başkasına emanet etmesi söz konusu dahi olamaz. Sadece, o gece *katakana* yazısıyla yazdığı şifreleri kullanarak, o alabros saç tıraşlı herifle orada buluşma ayarlamasını göz önüne aldığımızda bile o kadının bu gecekiyle aynı kişi olduğundan emin olabiliriz. Öyleyse şöyle bi' çıkarsamada bulunabiliriz: bu kadın kıyafetlerini ve takı gibi şahsi eşyalarını her gün değiştirme huyuna sahip biri. Kaldı ki suç işlemeyi alışkanlık hâline getirmiş fena bi' kimseyse, giderek daha fazla kılık değiştirmesi gerekecektir doğal olarak. Durum ve şeraite göre saçlarını *tsubuşi şimada* tarzında toplayarak *geyşa* kisvesine bürünebilir ya da *sokuhatsu,* yani Batı usulü topuz yaparak kendine kız öğrenci havası verebilir rahatlıkla. O kadın eğer *geyşa* olsaydı, evvelki gece parmağına o yüzüğü takması ya da en azından her zamanki parfümünü sürmesi gerekmez miydi? Ayrıca bu gece *kimono*sundan gelen koku sıradan bir *geyşa*nın kullandığı türden bi' parfüm kokusu değildi...

"O kokunun ne olduğunu anladın mı? Parfüm falan değil, eski tarz öd ağacının meşhur reçinesinin burcusudur o.

"Senin anlayacağın kadının o gece giydiği *kimono*ya *tütsülenmiş öd ağacı reçinesi*nin burcusu sinmişti. Şöyle bi' düşün bak. Zamane *geyşa*ları arasında, kıyafetlerine öd ağacı reçinesi tütsüleyen kadınlara çok ender rastlanır. Kadının tuhaf, acayip şeylere meraklı, bi' nevi fetişist olduğu gün gibi aşikâr. Eşya fetişizminin bi' ispatı da bileziği: hani şu mevtayı taşırken, ıslanmasın diye *kimono*sunun yenlerini *tasuki* kuşağıyla arkasından dolandırarak bağlayınca ayan beyan ifşa olan, sol koluna taktığı o harika bileziği görmedin mi? O bilezik, sıradan bi' *geyşa*nın takabileceği bi' şey değil; pek bi' çıfıt, pek bi' şatafatlı, pek bi carttı zira... Üstüne üstlük saçını *tsubuşi şimada* tarzında toplayıp öd ağacı reçinesi tütsülediği kıyafeti giyerek o bileziği koluna takması nereden baksan, çıfıt çarşısı misali bi' uçuk kaçıklık ve uyumsuzluk sahnesi teşkil etmiyo mu sence de? Uzun sözün kısası, öyle kafasına göre garip ve delimsi pozlara bürünmeyi seven bi' kadın o. Bunların alayına ilaveten kadının katlettiği adamın da smokin tarzı bi' kuyruklu ceket giydiğini hesaba katmalıyız. Böyle bi' olayda maktülün kuyruklu ceket giymesi on milyonda bir rastlanan çok garip, ucube bi durum; bu da vakayı giderek daha fazla dolambaçlı bi' labirente, bi' yılan hikâyesine dönüştürüyo—her şey bi' yana kuyruklu ceket ile *geyşa* arasındaki tezatta bi' bit yeniği var gibi geliyo bana. Ha bi' de, bak, kadın alabros tıraşlı adama hitaben aşağı yukarı şu meale gelecek bi şey demişti hatırlıyo musun:

"KORKUNÇ OLAN HER ŞEY GÜZELDİR. ŞEYTAN DA TIPKI TANRI KADAR GÜZELDİR.

"Bu cümle bir *geyşa*nın söyleyemeyeceği kadar yersiz ve küstahça. Dahası, evvelki günkü o şifreli iletişim meselesine bakarsak, farz edelim o İngilizce notu kadın bizzat yazdı;

hiç de bir *geyşa*nın altından kalkabileceği bi' iş değil. Kaldı ki o kadar tahsili, kültürü olan bi' kadının *geyşa* olması olmayacak şey de değildir elbette fakat eğer o kadar muazzam bi' cazibeyle maharet ve zekâyı bi' arada içinde barındırabilen bi' *geyşa* olsaydı, bu bizim bilgimiz dâhilinde olurdu muhakkak.

"Her şeyden önce, alelade bi' *geyşa* öyle korkunç bi' ilacı nasıl eline geçirebilir ki? Sadece bu da değil, kadın, ilacın nasıl karıştırılıp hazırlanacağını gayet iyi öğrenmişti, hatta o alabros saç tıraşlı delikanlıya talimat veriyodu bu konuda; buna ne dersin, nasıl olabilir bu? İşte bu ve bunun gibi pek çok sebepten ötürü kadının bir *geyşa* olmadığına inanıyorum şahsen. Nihayet bu husustaki tahminlerimi teyit eden kuvvetli bir bulgu daha var. Diyeceğim şu ki kadın mevtayı o çözeltiye daldırdığında şöyle demişti:

"Bu adam dombili olduğundan vücudunun eriyip yok olması epey bi' zaman alacak. Geçen seferki Matsumura Bey'de olduğu gibi kolay eritemeyiz bunu.

"Tam da böyle bi' şeyler söylediğini sen de hatırlıyosundur, di mi? Bu arada bu *MATSUMURA* ismi sana bi' şeyler anıştırmıyo mu?"

"Evet ya, Matsumura diye birinden bahsetmişti. Ancak bana bi' şey çağrıştırmıyo bu isim. N'oldu ki, neyin nesiymiş bakayım bu Matsumura?"

"Geçenlerde, daha bariz bi' ifadeyle, bundan iki ay kadar önceki bi' gazetede, Kōcimaçili Matsumura *Şişaku** Hazretleri'nin sırra kadem bastığına dair bi' haber çıkmıştı; okumuş muydun onu?"

---

* *Şişaku* (子爵): Japonya'ya özgü bir soyluluk ünvanıdır. Batı ülkelerindeki "vikont"a tekabül eder. *–çn*

"Doğru ya, kesin olarak hatırlamıyorum ama öyle bi' şeyler okuduğumu anımsıyo gibiyim."

"O haber gazetesinin sabah baskısında ve ondan önceki günün akşam baskısında çıkmış, adamın yüz fotoğrafına da yer verilmişti. Dahası, akşam baskısındaki haber çok daha teferruatlıydı, hatta ailesiyle ilgili bir dedikodudan bile bahsediliyodu. Haberi okuduğumda anlamıştım ki *Şişaku Hazretleri* kaybolmadan yaklaşık bi' hafta önce Avrupa-Amerika seyahatine çıkmış, fakat seyahati esnasında depresyondan muzdarip olmuş ve Tokyo'ya döner dönmez evine kapanmış, bi' daha da kimseyle görüşmemişti. Bi' gün kendisine *afakanlar bastığı*, ruhunun mapusaneye döndüğü bi' anda, bi' aylık seyahate çıktığını söyleyerek evden çıkmış; çıkış o çıkış...

"...*Şişaku* Hazretleri Kyoto'dan Nara'ya, akabinde de Dōgo kaplıcalarına gideceğini söylemişmiş. Yanında bir refakatçi götürmemiş ama uşaklarından biri merkez garına kadar onu geçirmeye gitmiş; hakikaten de Kyoto'ya bi' bilet almış. Uşak da buharlı trene binip gidene kadar gözlerini ayırmamış ondan. Gerisini özet geçmek icap ederse ailesi yolculuk sırasında giderek aklını yitirerek intihar etmiş olabileceğini tahmin ediyormuş. Yola çıkarken gereğinden çok daha fazla meblağı yanına almışmış, üstelik intihar mektubu gibi bi' şey de bulunamamış üstünde. Tüm bunlar da bunun şuurlu bi' canına kıyma eylemi olmadığını, o geçirdiği bunalımlardan yalpalaya yalpalaya intihara karar vermiş olabileceğini gösteriyomuş ailesine bakılırsa. Müteakip on gün boyunca Matsumura ailesi, bulana mükâfat verecekleri notuyla *Şişaku* Hazretleri'nin yüz resmini gazetelerde yayınladıysa da elle tutulur bir sonuç elde edememiş. Ne var ki Tokyo'dan ayrılışının ertesi sabahı, Kyoto'daki Siçicō garında *Şişaku* Hazretleri'nin tıpkısının aynısı bi' beyefendinin asilzade görünümlü bi' genç hanfendiyle beraber perondan ayrıldığını tesadüfen gördüğünü iddia eden bi' şahıs çıkmış. Fakat uşağın anlattığına göre *Şişaku* Hazretleri hem uzun müddet boyunca Avrupa'yı ziyaret etmiş hem de vatana avdetinden sonra da yapayalnız bi' hayat sürdüğünden dolayı, sosyeteden takıldığı biri olamazmış o kadın. Kaldı ki *geyşa* eğlenceleri, nam-ı diğer *Çiçekler ve Ağaçlar Âlemi* vesaire gibi taraklarda da bezi yokmuş beyfendinin. Dolayısıyla *Şişaku* Hazretleri'nin genç bir hanfendiye refakat ediyo olmasının mümkünatı yok ve muhtemelen onları gören kişinin hatası olsa gerek.

"İşte bunları söylemiş. Bunun üstünden iki ay geçti ama ne *Şişaku* Hazretleri yakınlarıyla temasa geçmiş, ne de cesedinin bulunduğuna dair herhangi bir haber gelmiş. Neticede *Şişaku* Hazretleri'nin ölü mü yoksa diri mi olduğu hâlâ bi' muamma. O gazete haberini okuduğumda üstünde durmamıştım ama az evvel kadının dudaklarından dökülen 'Matsumura Bey' ismini işittiğimde, aniden bunun Matsumura *Şişaku* Hazretleri olduğuna tamamen kani oldum.

"Yahu, bu kadının katlettiği Matsumura denen adam şu bizim kayıp Şişaku Hazretleri olmasın sakın? Yok, be, şüphe yok buna, kesin o!

"Böyle geçirmiştim içimden işte. Bana bak kardeşim, sen de iyisi mi adamakıllı bi düşün taşın. *Şişaku* Hazretleri Tokyo'dan Kyoto'ya giderken sırra kadem bastı, ölü mü diri mi o bile belli değil. Kyoto'ya varmadan önce trende sıradışı bi' şey olması da imkânsız, muhakkak birileri fark ederdi durumu zira. Öyleyse tren Kyoto'ya varmadan önce hiçbi' şey olmadığı aşikâr. *Şişaku* Hazretleri'nin başına gayritabii bi' şey geldiyse bu ancak Kyoto'ya vardıktan sonra olmuştur. Sadece bu da değil, eğer biri *Şişaku* Hazretleri'ni Şiçicō Tren İstasyonu'nda gördüğünü iddia ettiyse ve ondan sonra herhangi bir tren istasyonunda veya herhangi bir handa görülmediyse, o hâlde Kyoto'nun içinde canına kıymış veya kıyılmış olması gerekir. Bu arada ister intihar ister cinayet olsun, eğer Kyoto şehrinde olduysa bunlar, cesedinin bugüne kadar bulunamamış olması, ne akla-mantığa sığar ne de havsalaya!

"Velhasılı kelam kardeşim, şöyle düşündüm ben: az evvelki kadın o kuyruklu ceketli adamın cesedini göstererek, *bu geçen seferki Matsumura Bey gibi kolay kolay erimeyecek denli dombili* demişti di mi, o hâlde öldürdüğü Matsumura denen adamın zayıf olması icap eder. Nitekim, Matsumura *Şişaku* Hazretleri'nin fotoğrafına baktığımda gördüm ki pek bi' cılızdı o da.

"...Ayrıca Matsumura denen adama ismiyle hitap ederken *MATSUMURA BEY* şeklinde, ismine hususen *BEY* ibaresini ekliyor, bu da onunla pek samimi olmadığını ama aynı zamanda şahsına karşı belli bi' saygı gösterdiğini de ortaya koymuyor mu sence de? Hâl böyleyken, kadının adama çok yakın olmadığını ama aynı zamanda belli bi' saygı gösterdiğini varsayamaz mıyız? Nitekim, biz Japonlar, bizimle hiçbi' alakası olmayan birinden, o kişinin gıyabında bahsederken 'falanca' diye ismini söyler sonuna bi' saygı unvanı koymaya tenezzül bile etmezken, sözkonusu şahıs yüksek sosyeteden tanınmış bir şahsiyetse yahut saray eşrafından bi' zat-ı muhteremse ekseriyetle adının arkasına *BEY* kelimesini iliştirmeden edemeyiz. Velhasıl kadının maktülden

MATSUMURA BEY diye bahsetmesi, Matsumura denen adamın saraylı bi' soylu olmasının yanında kendisiyle pek de samimi olmamasından kaynaklanıyo olsa gerek. Adam, sevgilisi ya da kocası olsaydı ya da her halükârda yakın olduğu biri olsaydı, sözkonusu kişiyi katledince ondan *BEY* diye bahsetmemesi gerekmez miydi? Öyle bi' durumda *MATSUMURA DENEN HERİF* ya da *ŞU SERSERİ* gibi ifadeler kullanması icap ederdi. Sırf bu tür etmenlerden dolayı kadının katlettiği Matsumura ile Matsumura *Şişaku* Hazretleri'nin aynı kişi olduğunu varsaymak için erken olduğu iddia edilebilir belki. Fakat bu varsayımı temellendirecek elle tutulur bi' olgu daha var. Şöyle ki Tokyo'dan tek başına ayrılan *Şişaku* Hazretleri'ne, Şiçicō İstasyonu'nda genç bi' hanfendinin refakat ettiği rivayet olunmuş. *Şişaku* Hazretleri'nin uşağı, efendisinin herhangi bi' hanfendiyle ilişkisinin olma ihtimalini suret-i katiyede reddetmiştir; ne var ki ya o hanfendi trende *Şişaku* Hazretleri'yle samimiyet kurduysa? O zaman n'olacak, hadi sen söyle bakayım?

"İnsanlarla ilişki kurmaktan hoşlanmayan, *merdümgiriz* bi' mizaca sahip olan *Şişaku* Hazretleri'ni, herhangi bi' kadının kendisiyle takılmaya ikna etmesi *suret-i katiyede* mümkün değildir. Fakat eğer kadın işini bilen hınzırın tekiyse ve kadının öteden beri *Şişaku* Hazretleri'ni kafakola alıp parmağında oynatmak gibi bi' niyeti varsa, cingözlüğüyle ve o başa çıkılmaz fettanlığıyla ona yaklaştıysa; üstüne üstlük eğer kadın şıkır şıkır giyinen, eli yüzü düzgün ve eti budu yerinde bi' hanfendiyse *Şişaku* Hazretleri de bu kadının cazibesi karşısında yelkenleri suya indirmiş olamaz mıydı? *Şişaku* Hazretleri'nin seyahat için yüklü miktarda parayı üstünde taşıdığı rivayet olunduğuna göre o parayı iç etmek maksadıyla Tokyo'dan beri onu takip etmiş olması mümkün değil miydi? Böyle düşününce, o hanfendinin dün geceki kadın olduğunu, *Şişaku* Hazretleri'nin Kyoto'nun bi' köşesinde katledildikten sonra bedeninin eritilmiş olduğunu düşünmeden edemiyorum."

"O hâlde, sence bu kadın trenlerde muhtelif fenalıklar yapan *tren haydudu* nevinden bi' şey mi?"

"Hımmm.... Evet ya... *Şişaku* Hazretleri'nin nerede olduğu halen belirlenemediğine göre o kadın tarafından öldürülen ve kimyasal çözeltinin içinde eritilen Matsumura denen adamın *Şişaku* Hazretleri olduğunu farz etmek en mantıklı, en tabii şey değil mi sonuçta? *Şişaku* Hazretleri ve kadın eskiden beri tanış değildilerse *Şişaku* Hazretleri'nin üstünde taşıdığı para için can verdiği su götürmez. Kadının *tren haydudu* olduğu muhakkak da öyle sıradan bi' haydut değil de büyük ölçekli haramilerden ibaret bi' suç şebekesinin üyesi olan ve boş zamanlarında ek gelir için böyle suçlar işleyen biri olduğunu düşünmek en mantıklısı olmaz mı? Kadın Tokyo ve Kamigata* yörelerinde böyle buna benzer cürümlere imza atıyo bence. Kaldı ki eminim eritici ilaçların ve Batı tarzı banyonun bulunduğu o evin aynısından Kyoto'da da olmalı... Şüphe yok ki bu insan bozuntuları Tokyo'dan Kyoto'ya uzanan Tōkaidō'yu, yani Doğu Deryası Yolu'nu mesken tutup daha önce bahsettiğim türden şifreli mesajlar vasıtasıyla iletişim kurarak sıklıkla muhtelif kötü işler yapan, suçlar işleyen cani haydutlardan ibaret bi' çete olmalılar."

---

* Kamigata (上方): Japonya'nın Batısındaki Kyoto-Osaka yöresine verilen addır. Kelimenin kökeninde, eskiden tennonun, yani imparatorun sarayının Kyoto'da bulunması vardır. –*çn*

"Hımm, demek öyle... İzahatını dinledikçe gözlemlerinin isabetli olduğuna inanmaya başladım. Acaba bu gece öldürülen kuyruklu ceketli adam da saraylı asilzade tayfasından biri miydi ki?"

Bu şekilde Sonomura'ya bir sual daha sordum. Dürüstlükle itiraf etmem lazım ki kaşla göz arasında, Sonomura'nın hafiyelere özgü o keskin gözlem gücüne hayranlık duyar olmuştum; o kadar ki onun sergileyegeldiği fikirlerini A'dan Z'ye doğrulamaz, onların sağlamasını yapmazsam içim rahat etmeyecekti.

"Yo, hayır, herifçioğlu saraylı falan değildir. Kafamda canlandırabildiğim kadarıyla, bu geceki cinayet Matsumura *Şişaku* Hazretleri'ninkinden epey köklü bi' farklılık arz ediyo."

Sonomura bunları söyledikten sonra sandalyesinden kalktı. Batı tarzı mimariye sahip evin doğu tarafındaki pencereyi açtı ve fosur fosur zincirlemesine içilen sigaraların kalın dumanıyla pekişmiş olan odanın sıcak, rutubetli ortamına seher havasının efil efil tüm serinliğiyle akmasını sağladı.

"Ben bi' sebepten ötürü bu geceki adamın kadının mensubu olduğu o karanlık, o meşum çetenin bi' neferi olduğunu tahmin ediyorum."

Böyle söyleyip tekrar koltuğuna dönen Sonomura, kuşkulu bir çehreyle kırpıştırdığı gözlerini ayırmadan dik dik bana baktı.

"Geçen gün sinemada *hareketli resim* gösterisi izlerkenki hâlinden yola çıkarak bir hükümde bulunmak gerekirse, adam o kadının ya sevgilisi ya da *zevci** olmalı. Sen sırf kuy-

---

* Sonomura "kocası" anlamında eski bir kelime kullanıyor. *–çn*

ruklu ceket giydiğinden ötürü o adamın asil ya da saraylı falan olduğunu düşünüyo olabilirsin de bu geceki gibi izbe kir pas içinde bi' sokağın derinliklerindeki derme çatma bi' ev bozuntusuna, üstelik kuyruklu ceket gibi seçkin bi' kılıkta gelir mi hiç? Ondan ziyade asil kılığına bürünerek *tebdil-i kıyafet* etmiş ve bi' gece şöleninden kendi hanesine dönen bi' *şaki*, bi' haydut olduğunu düşünmek hakikate çok daha yakın olmaz mı? Eğer adamın kadının sevgilisi olduğunu düşünüyosak, olayı yorumlamanın bundan başka makul bi' yolu yok. Bilhassa kadın, az evvel mevtanın fotoğrafı çekilirken şöyle söylemişti:

"Hakikaten ne kocaman bi' göbekmiş böyle bu ya! E nerden baksan, 58 buçuk okka çeken bi' fıçıydı sonuçta bu herif.*

"İşte bu cümleler onunla adam arasındaki ilişkiyi açıklamak için fazlasıyla kâfi."

"Hımm... Sanırım bu konudaki gözlemlerin isabetli. Öyleyse, şöyle mi düşünmeliyiz: kadın alabros tıraşlı delikanlıya âşık olduğundan ve diğer adam da bu aşka engel teşkil ettiğinden onu aradan çıkarmak için mi öldürdü yani?"

"Ya şimdi ilk akla gelen senaryo o oluyo ama bence bu denklemi bozan bi' şeyler var. Senin de gözünden kaçmamıştır: cesedi leğene attıktan sonra alabros saç tıraşlı delikanlı önce kadının döşeğini serdi, akabinde de yan odaya geçerek orada yattı. Sadece bu da değil, adam kadının her emrine itaat ediyor, hatta ona *ABLA* diye hitap ediyodu, di mi? Eğer aralarında âşık-maşuk ilişkisi olsaydı, bu hiç de akla yatan bi manzara olmazdı, yanılıyo muyum? Daha da tuhaf olanıysa şu fotoğraf mevzusu. Kanıtları gizlemek için

---

* 75 kg. Eski ölçüm birimi 貫 (kan) kullanıldığı için bu şekilde çevirmeyi uygun gördük. *–çn*

cesedi eritmekten bile kaçınmayıp delilleri örtbas etmeye çalışan kimseler, hangi akla hizmet fotoğraf çekip saklar ki? Katil ne denli soğukkanlı olursa olsun, kendi elleriyle öldürdüğü adamın eşkâlini unutamaz ve rüyalarında görse bile ödü patlar bundan... O hâlde neden fotoğraf çekmek gibi insanın havsalasının alamayacağı türden garip eylemlere giriştiler ki? Her halükârda o cinayet vakası oldukça tuhaf bi' mahiyete sahip ve suçun saiki de kimsenin tahmin edemeyeceği istisnai bi' şey olsa gerek. En azından ben böyle hissediyorum."

"*Kimsenin tahmin edemeyeceği, istisnai bi şey* mi? Ne yani, mesela?"

"Ya mesela, tabii bu benim uçarı muhayyileme dayanan bi' tahmin ama o kadında bi' nevi cinsel sapıklık eğilimi olabilir; insanları öldürmekten gizli şehevi bi' haz duyuyo olamaz mı, işte böyle hissediyorum ben. Dahası ortada bi' lüzum neyim olmadığı hâlde sırf *öldürmek için öldürmek* gibi bi' huyu da olabilir. Kadının davranışlarını şöyle adamakıllı gözünün önüne getirirsen benim varsayımlarımın hiç de temelsiz olmadığını sen de teslim edersin. Anlıyosun beni di mi kardeşim? *Şişaku* Hazretleri bu kadınla buharlı trende samimiyet kurduğundan ötürü, sırf bu sebepten dolayı canından oldu. Bu durumda cinayet, parayı gaspetmek ve delilleri örtbas etmek için işlenmiş olabilir... Ne var ki *Şişaku* Hazretleri'nin üstündeki para, neresinden baksan önünde sonunda seyahat masrafları için ayrılmış bi' meblağ olmaktan öteye geçmiyodu, diyeceğim şu ki azami bin yenden azdır; yanılıyo muyum? O kadarcık parayı malikinin canını almadan da çalabilirsin ki neticede... Örneğin, adama bayıltıcı kloroform gibi bi' ilaç koklatmak ya da bu gasp işini kendi meslektaşlarına yaptırmak gibi kadının suç izlerini örtbas etmenin pek çok yordamı vardı sonuçta, di mi?

"Üstelik kadının öldürme tarzı de alışılagelmiş yöntemlerden farklıydı. Üşenmeden, *Şişaku* Hazretleri'nin aklını çelip onu Kyoto şehrine çekip kendi inlerine götürmek, orada öldürdükten sonra da bedenini eritici ilaca yatırmak... Fevkalade 'zahmetli' yollara yordamlara müracaat ediyo hanfendi. Dün geceki cinayet söz konusu olduğunda durum daha bi' esrarengiz hâle geliyo. Saik para mara değildi, öyleyse ikinci akla gelen şey olan bi' 'kara sevda' falan da değildi; kuyruklu ceketli adam neredeyse tamamen mânâsız şekilde, nafile yere katledilmiş, cesedinin fotoğraflanması gibi rencide edici bi' muameleye bile maruz bırakılmıştı. Sadece bu tür gariplikler bile bu cinayetin kadının hastalıklı meraklarıyla biçimlenmiş sefahat düşkünlüğünün sonucu olduğunu ayan beyan ortaya koymuyo mu? Hatta bana sorarsan *Şişaku* Hazretleri'nin de fotoğraflarını çekmiştir bunlar. Biraz daha cüretle tahayyül edersem, bence bu kadın aynı yöntemi kullanarak birçok adamı katletti ve maktüllerin tamamının da fotoğrafını çekti. Bizzat kendi şehevi tutkularının etkisiyle nefslerine hâkim olamamış ve canlarını istemeden de olsa feda etmiş onlarca adamın cansız yüzlerini görmek, sıradan bi' insanın sevgilisinin yüzüne temas etmesi kadar kadının sapık fantezilerini tatmin ediyo olsa gerekti. Her halükârda, böylesi cinsel sapıklıkları olan kadınların toplumda var olmadığını söyleyemeyiz, di mi?"

"Elbette bu tür kadınların mevcut olduğunu hayal etmek benim için hiç de zor değil. Fakat kuyruklu ceketli adamın kadının arzularının kurbanı olarak seçilmesinin ardında başka sebepler olmalı muhakkak. Bu kadın şayet senin söylediğin gibi sefahat düşkünü ve garip fantezileri olan biri olsa bile rasgele önüne geleni öldürüyor olamaz sonuçta, di mi? Mesela nasıl oluyo da alabros saç tıraşlı delikanlıyı öldürmüyo da bilhassa kuyruklu ceketli adamı katletme yoluna gidiyo?"

"O şimdi şöyle... Kuyruklu ceketli adam sadece kadının sevgilisi değil, aynı zamanda o haydut çetesinin de elebaşıydı. Yani, kadın kendinden daha üstün, daha nüfuzlu konuma sahip sıradışı kişileri öldürmeye ilgi duyuyo. Kuyruklu ceketli adam 'baba'*, kadın da 'hanım ağa' olduğuna göre alabros saç tıraşlı delikanlı onların *evlatlıkları*†, yani fedaileri gibi bi' şey, dolayısıyla canı istediği zaman zaten öldürebilir onu, eti kemiği kendisinin neticede. Öyle bi' insanı kurban etmenin hiçbi' heyecanı yok. Matsumura *Şişaku* Hazretleri'ni kendine hedef seçmesinin sebebi, o beyfendinin toplumun üst zümresinden bi' saraylı asil olması, bu hüviyetiyle kadının ilgi ve heyecanını körüklemesi olsa gerek. Dün gece şahit olduğumuz çete elebaşısının katline gelince, orada da onu öldürürse onun yerine, çetebaşı konumunu ele geçirme şeklinde bi' menfaat söz konusu. Alabros saç tıraşlı delikanlı da hanım ağasının emirlerine itaat ediyo, komutlarına göre çalışıyo."

"Vay be, demek öyle..."

Sonomura'nın açıklamasına hayran kalmıştım ve ağzımdan gayriihtiyari bu kelimeler dökülmüştü.

---

* Mafya babası manasında. *–çn*

† Burada, yakuza (ヤクザ) adı verilen Japon mafya gruplarının, Japon aile kurumunu model alan yapılanmasına gönderme yapılıyor. Çete elebaşlarına "babalık" (*oyabun*, 親分), mafya üyelerine de "evlatlık" (*kobun*, 子分) adı verilir, ayrıca üyelerin kendi aralarında da ağabeylik-kardeşlik şeklinde bir hiyerarşi vardır. *–çn*

“Mevzuyu bu şekilde yorumlayınca olayın gizemi büyük ölçüde çözülmüş oluyo. Velhasıl dehşetengiz bi' cani o kadın!”

“*Dehşetengiz bi' cani*... Evet, doğru... Ama aynı zamanda enfes bi' cadı da kendisi. Aslını istersen, kadının korkulası biri olduğunu mantıken düşünsem de onun fiziki güzelliği ağır basıyo zihnimde. Dün geceki sahneyi kafamda canlandırınca da ne yalan söyleyeyim, sadece, onun şeytani güzelliğe sahip bi' dilber olduğu, insanda bu dünyaya ait değilmiş gibi bi' intiba uyandıran, içinde şeytan tüyü barındıran o güzelliğine dair heyecanlar depreşiveriyo içimde.”

*

“Dün gece gedikten dikizlediğimiz oda gerçekten de bi' cinayete sahne olduysa da bu bende ne korkunç bi' intiba bıraktı, ne de belleğime tiksinç bi' anı olarak yerleşti. Orada bi' adam öldürülmüş olmasına rağmen bi' damla kan dökülmediği gibi tek bi' boğuşma sahnelenmedi, en ufak bi' inleme sesi bile gelmedi kulağımıza. Bu suç eylemi, usulca bi' işveyle, adeta iki sevgilinin mahrem aşk fısıldaşmaları misali bi' yumuşaklıkla ifa edildi. Ben insanın uykusunu kaçıracak denli kötü bi' ruh hâli içinde falan değildim; aksine göz kamaştırıcı, canlı, rengârenk bir resim misali parıldayan güzel bi' şeyi gözlerimi ayırmadan seyrediyo gibi bi' his içindeydim. *KORKUNÇ OLAN HER ŞEY GÜZELDİR. ŞEYTAN DA TIPKI TANRI KADAR GÖRKEMLİ Bİ' GÖRÜNÜME SAHİPTİR* diyen kadının o sözleri, sadece mücevher misali bi' renk cümbüşü arz eden eritme ilacını değil, bizzat kendisini de niteliyodu aslında. Onun, o hafiye romanlarında çok sık gördüğümüz kadın kahramanın gerçek hayatta yaşayan bi' temsilcisi olduğunu, kelimenin tam anlamıyla şeytanın başkalaşım geçirerek insana dönüşmüş hâli olduğunu hissediyodum. O kadın uzun süredir kafamdaki sanrı âlemini mesken tutmuş bi' *iblis*ti. Benim bitmek bilmeyen tutku ve özlemlerimdeki o heyula, o hayalet, bi' süreliğine bu dünyada tezahür etmişti ve yalnızlık acısı çekmekte olan beni avutacaktı; böyle düşünmeden edemiyodum.

"Kadın benim için ve nihayet benimle tanışmak maksadıyla bu dünyada varlığını sürdürmüyo mu? Daha doğrusu, dün geceki suç vakası da sırf benim seyranım için işlenmiş olamaz mı? Böyle düşünmek bile mümkün. Ne pahasına olursa olsun, hatta ortaya hayatımı koyduğum bi' kumar oynamak mecburiyetinde kalsam bile o kadınla mutlaka görüşmeliyim. Bundan böyle, kadını arayıp bulmak ve onunla yakınlaşmak için elimden gelen her şeyi sonuna kadar yapmaya niyetliyim. Benim için endişelenme lütfunu gösterdiğin için sana minnettarım ama lütfen ağzını açıp tek kelime etme ve bana karışma. Daha önce de söylediğim gibi amacım onun sırlarını çözmek değil. Sevdalıyım ben ona. Yahut *ona tapıyorum* demek daha uygun olur sanırım."

Bunları söyledikten sonra Sonomura ellerini başının arkasına koyup sandalyesinde arkasına yaslandı, gözlerini kapattı ve bir süreliğine depderin düşüncelere daldı.

Tüm söylediği bu sözlerden ötürü onu nasıl bir dille ikaz etmem gerektiğini bilemedim; üstüne üstlük, bende artık ona dil dökecek takat de kalmamıştı. Hâl böyleyken ben de tıpkı onun gibi koltuğumda arkama yaslandım, gözlerimi tavana dikmiş hâlde derin düşüncelere daldım. Çok geçmeden, damarlarımızdaki kanı yanıp tutuşturan bir çakırkeyflik tüm bedenimize yayılmış yorgunluğu daha da baştan çıkarıcı hâle sokarak eritmiş ve her ikimiz de derin, hoş, pamuksu bir uyku bulutu tarafından sarılıp sarmalanıvermiştik.

Bu hâlde, iki, hatta üç gün boyunca kütük gibi uyur muyuz acaba sualini yarı uykuya dalmış bilinçle düşündükten sonra o kadar olmasa da cinayet vakasından sonraki günün tamamını Sonomura'nın evinde uyuyarak geçirdim ve gece geç saatlerde Koişikava'daki evime döndüm. Endişeyle yolumu beklemekte olan karım beni görür görmez, "Sonomura Bey nasıl oldu? Dediğiniz gibi *tırlattı* mı yoksa?" diye sordu.

"'*Tırlattı*' demek haksızlık olur da anormal derecede bi' sinir bozukluğu ve heyecan yaşıyo."

"Öyleyse, neydi dün geceki o yaygara? Cinayet işlenecekmiş falan, nasıl bir kafa karışıklığı yaşıyordu ki acaba?"

"Nasıl bi' kafa karışıklığı yaşadığını nasıl anlayayım? Nihayetinde herif sağduyusunu kaybetmiş, şuuru yerinde değil ki..."

"Ama, ama o konuşmadan sonra Suitengū'nun oralara gittiniz ya..."

O anda karım tarafından gafil avlanmış olsam da hiçbir şey yokmuş gibi davranmayı, durumu idare etmeyi sürdürdüm.

"Yaa, şöyle oldu, bu beni kafaya aldı, kanıma girdi, nihayetinde Şiba no Uçi'ye evine götürdüm onu. Hem o vakitte hangi aklıevvel gider ki Suitengū'ya? Kaldı ki gerçekten bir cinayet vuku bulsaydı, gazetelere çıkmaz mıydı?"

"Orası öyle... Ay ama neden öyle düşüncelere kapıldı ki acaba, insanın delirmesi de hakikaten acayip bir şey, değil mi?"

Bu sözleri sarf etmesinden itibaren karımın herhangi bir şüphesi kalmamış gibiydi. Ben de iki gün sonra ilk kez, evimdeki yatağıma uzanıp dünkü olayları bir kez daha gözümün önüne getirmeye karar verdim. Her şey dün sabah yetiştirmeye çalıştığım metni yazarken Sonomura'dan gelen telefonla başlamıştı. Şayet bütün bu yaşadıklarımızın bir rüya olduğunu farz edersek, rüya ile gerçek arasındaki bağlantıyı sağlayan şey, o telefonun çaldığı vakitti. O andan itibaren peydepey bir labirentin içine çekilivermiştim. Diğer yandan, Sonomura'nın deliliğinin bana bulaştığını farz edersek, yine, kesinlikle telefonun çaldığı o an deliliğimin başlangıç noktası olmuştu. İşte tam o esnada bana bir şeyler olmuş olmalıydı, demem o ki basiretim bağlanmış olmalıydı. Ve yaşadığım yanlış anlama neticesinde hayal mahsulü olan bu çılgınca olaylar gerçeğe dönüşmüştü. Peki yanlış anlamayı ne zaman ve neden yaşamıştım ki acaba?

Ne kadar düşünürsem düşüneyim, yanılgımın hangi noktada vuku bulduğunu tespit edemedim. O hâlde geriye tek bir ihtimal kalıyordu, o da geçen gece gördüğüm şeyin gerçeğin ta kendisi olduğu. O gece saat birden sonra Suitengū'nun arka mahallelerinde bir cinayet işlendiğine bizzat çıplak gözlerimle şahit olduğum da sarsılmaz bir olguydu. Elalem deli olduğumu düşünse bile bu gerçeği inkâr edemezdim. O hâlde Sonomura'nın bu gerçeğe dair hükmü büyük ölçüde doğru mu oluyordu? Sonomura'nın suçun niteliğine, kadına, alabros saç tıraşlı delikanlıya ve kuyruklu ceketli adama ilişkin görüşleri hedefi tam on ikiden vuruyor muydu? Bu görüşleri çürütecek delilleri ortaya koyamadığım müddetçe onların meşruiyetini kabul etmekten başka yapabileceğim bir şey yoktu.

Beş-altı gün boyunca endişelerimden ve şüphelerimden kurtulamadım. Bu süre zarfında Sonomura'nın evini iki-üç kez yoklasam da onu evde bulamadım. Onun yokluğunda eve bakan uşağın dediğine bakılırsa, önemli bir işi olduğundan her sabah erkenden çıkıyor ve gece geç saatlere kadar dönmüyordu; uşak bunu oldukça tuhaf bir edayla söylemişti.

Tam bir hafta sonra ziyaret ettiğimdeyse, dostum alışılmadık şekilde evdeydi. Dahası, pek neşeli hâlde kapıya dek beni karşılamaya gelerek şöyle hitap etti bana:

"Tam zamanında geldin ha!" dedi vakit kaybetmeden ve kısık sesle.

O kadar memnun olmuştu ki elini gizli bir şey söyleyecekmiş gibi diklemesine kulağıma yaklaştırarak yine kısık sesle fakat neşeli bir edayla ekledi:

"Var ya o kadın ziyarete geldi beni ve şu an çalışma odamda!"

"O kadın mı!?"

Böyle söyledikten sonra nutkum tutuldu, tek kelime edemedim. *Yok canım daha neler*, diye geçirdim içimden ama akabinde anladım ki gerçekten de kadını *eline düşürmüş*, hatta ve hatta evine getirmişti onu. Yo, belki de tam aksine, *kendisi düşmüştü kadının eline*. Her şey bir yana, bir de aklından zoru varmış gibi beni onunla tanıştırmaya yelteniyordu.

"Evet ya, tam üstüne bastın, işte o kadın burada! Şu son beş-altı gün yoktum evde, zira Suitengū muhitinde dolanarak kadını takip ediyodum, fakat onunla bu kadar çabuk yakınlaşacağımızı beklemiyodum doğrusu. Onunla nasıl ve hangi sırayla samimiyet kurduğumu önümüzdeki günlerde tüm teferruatıyla rapor edeceğim sana. Ama önce sen de tanışmalısın onunla bence."

Bu sözlerine rağmen hâlâ bocalıyordum, o da ödlekliğimle alay eder bir edayla şöyle söyledi:

"Ya kardeşim, onu bunu bırak da tanış onunla, merak etme herhangi bi' tehlike mehlike yok, dolayısıyla tanışabilirsin gönül rahatlığıyla."

"Tamam, çalışma odanda buluşmamızın bi' tehlikesi yoktur da bu vesileyle ya gitgide daha fazla samimi olursak?"

"Samimi olursan ol, n'olacak ki? Ben onunla çoktan arkadaş oldum bile!"

"Sen kendi *fetişistçe meraklarının* etkisiyle arkadaş oldun onunla, artık geri dönüşü yok bunun. Fakat benim öyle fetişistçe meraklarım yok, öyle biriyle dost olmaya niyetim de yok, ı-ıh, ben almayayım kardeşim, *aff-ı âline mağruren*..."

"Ne yani, kadını evime kadar getirmişim ve sen onu görme, onunla tanışma fırsatını elinin tersiyle itecek misin?"

"Ya aslında onu görmek için can atıyorum.... Ama öyle yüz yüze tanıştırılmak beni zora sokabilir, o yüzden, mümkünse, ben kuytu bi' yere saklanayım, sen de usulca, kendisine çaktırmadan kadını benim görmemi sağla... Şimdi, çalışma odan onu dikizlemek için namüsait olduğundan kadını *Japon odasına*[*] götürsen mesela... Öylelikle ben de bahçeden, çiçeklerin arasına gizlenip izleyebilirim sizi."

"Hımm öyle mi yapsak acaba, peki peki, neden olmasın. Görüş alanının mümkün mertebe iyi olması adına misafir odasının sundurmasının yakınlarında sohbet ederiz, böylelikle sen de bambu örgüsü çitlerin arkasına saklanırsın. Bakarsın duruma, eğer fikrini değiştirirsen tanıştırırım sizi. O takdirde hizmetçiye söylersin, seni getirir yanımıza."

---

* Japon odası (*nihonma*, 日本間): Zemini *tatami* döşemesiyle kaplı geleneksel Japon evlerine öykünerek yapılmış oda. Bizdeki "şark köşesi"ne yakındır. *–çn*

"Ha ha ha, teşekkür ederim yaa. Çok büyük ihtimalle hizmetçiye de sana da öyle bi' zahmet vermem."

Tam sözlerimi bitirmiştim ki ansızın endişe verici bir hususu hatırladım ve sımsıkı kavradığım Sonomura'nın koluna asılarak derdimi söyledim.

*

"Arkadaşlık markadaşlık ayaklarına sakın sırrını bildiğimizi söylemiş olmayasın kadına! Senin canın kıymetli değilse onu bilemem de ben canımı sokakta bulmadım, kendini yakarken beni de yakma bak!"

"Merak etme, rahat ol kardeş. O mevzunun ben de bilincindeyim. Kadın bizim onu dikizlediğimizden tamamen bihaber. Bundan sonra da ağzımdan kaçırmam merak etme, ser verir sır vermem ben!"

"Öyleyse sorun yok da gerçekten dikkatli ol ha! Sakın ola ki bunun sadece onun sırrı değil, aynı zamanda bizim sırrımız da olduğunu unutma! Her ikimizin canlarına mal olabilecek bu sırrı benden habersiz üçüncü kişilerle paylaşma hakkına sahip değilsin sonuçta."

O kadar endişelenmiştim ki mahsus ürkütücü sert bir çehreye bürünerek olası pervasız bir hareketine karşı uyarmıştım onu.

O gün bahçedeki çitin arkasına saklanarak, yeniden o kadını dikizlemek zorunda kaldım ama bunu burada uzun uzadıya yazıp sizi usandırmanın lüzumu yok. Fakat şunu belirtmem elzemdir ki kadın herhangi bir yanılgıya mahal vermeyecek şekilde o geceki hanımefendinin ta kendisiydi; bugün saçı ayrık ve perçemli şekilde yapılmıştı, ilk bakışta bir kadın tiyatro oyuncusu gibi giyinmişti ve kolunda o geçen gün gördüğümüz bileziği pırıl pırıl parlıyordu. Nihayet şunu da ilave edersem kâfi olacaktır: kadının fiziki güzelliğinin onu o gedikten dikizlediğimiz günkünden en ufak bir farkı yoktu.

Görünen oydu ki Sonomura çoktan kadınla epey samimileşmişti. Söylediğine göre kadınla iki-üç gün kadar önce, Asakusa'daki Seiyuken Bilardo Salonu'nda tanışmışlardı; oynadıkları oyunlarda kadın yüz puana ulaşmıştı.

"Benim mahrem hayatım bir sırdır. Kim olduğumu kimseciklerle paylaşamam. Lütfen bu kurallarıma riayet ederek çıkınız benimle."

Kadın bu koşulu öne sürerek Sonomura ile çıkmaya başlamış. Sonomura da sonunda tahminlerinin isabetli olduğunu zihninde teyit etse de kasten kadının adresini ve durumunu bilmiyormuş gibi yapmış, günbegün ve her gece Tokyo'nun dört bir yanındaki barlarda, restoranlarda, hanlarda fink atmış, düşüp kalkmış onunla. Dün de kadınla Şinbaşi İstasyonu'nda buluşup bir geceliğine Hakone kaplıcalarına gitmişler ve dönüşte de kadını Şiba Parkı muhitindeki evine getirmiş.

*

Sonomura ve *Eiko* –kadın adının bu olduğunu söylemiş— arasındaki ilişki gün geçtikçe yoğunlaşıp sıkılaşmıştı. Ara sıra onu yoklasam da neredeyse hiç evde olmuyordu; iki sevgilinin beraber taksiye atladıkları gibi bir tiyatronun locasına kendilerini attıklarına, Ginza Caddesi'nde* el ele gezdiklerine şahit oldum birkaç kez. Kadının kıyafetleri her defasında farklı oluyordu: bazen bürümcük kumaşından

* Ginza (銀座): Tokyo'da, tiyatro salonlarının yanında, çoğu modern, Batılı mimari yapıya sahip lüks alışveriş merkezlerinin, mağazaların ve lokantaların bulunduğu bir semt. *–çn*

bir *yukata*[*], üstüne de bir *haori* ceketi[†] giyiyor, bazen *aktris topuzu*[‡] yaptığı saçlarıyla ahenk oluşturacak şekilde omuzlarına bir pelerin alıyor, bazen de keten elbisesini yüksek topuklu ayakkabılarla kombine ediyordu. Böylece güzelliği esasen değişmese de her gün kadının yüzü farklı bir insanınki gibi görünüyordu.

Derken bir gün –yanılmıyorsam ikisi *aşna fişne* olduktan bir ay kadar sonra— beni bir hayli şaşırtan bir olay meydana geldi. Şöyle ki bir gün tesadüfen bizim Sonomura'nın refakatinde sadece Eiko olmadığını, o alabros saç tıraşlı delikanlının da onlarla takılmaya başladığını keşfettim.

Mitsukoşi Müzesi'nde olmuştu bu. Oradaki bir sergiyi görmeye gitmiştim ki gözlerime inanamadım: Sonomura Eiko'nun haricinde alabros saçlı delikanlının da eşliğinde, neşe ve coşku dolu bir edayla üçüncü katın merdivenlerinden iniyor! Aslını isterseniz Sonomura da benden kaçınıyormuş gibiydi ama zaten ben de o anda ürkmüş ve öylece kalakalmıştım; dolayısıyla ona seslenmek gelmemişti içimden. Gülünecek şey, alabros saçlı delikanlı, üniversite öğrencisi üniforması[§] giymişti ve bir *öğrenci-uşağın*[¶] efendisine refakat edişi gibi saygıda kusur etmez bir edayla iki sevgiliyi arkalarından takip ediyordu.

Bu herif piyasaya çıktıysa artık Sonomura'nın başına ne

---

* Yukata (浴衣): Yazın giyilen hafif ve rahat bir *kimono* türü. *–çn*

† Haori (羽織): Geleneksel, düğmesiz kısa Japon ceketi. *–çn*

‡ Aktris topuzu (*coyū mage*, 女優髷): Saçların, arka kısmının mümkün olduğunca yakaya yakın olacak şekilde kabartılıp toplanması. Batı usulü yeni tiyatro oyuncuları saçlarını bu şekilde topladığından böyle bir ad verilmiştir. *–çn*

§ Japonya'da eskiden üniversite öğrencileri üniforma giyerdi. *–çn*

¶ Öğrenci-uşak (*şosey*, 書生): Eskiden Japonya'da üniversite masraflarını karşılamak için zengin ailelerin yanında uşaklık yapan talebelere verilen ad. *–çn* *geleceği belli olmaz. Artık mevzuyu hafife alarak ilişkisini sürdürmesi akıl kârı değil!*

Böyle düşünerek bu sefer artık kesinlikle çılgınlığını sonlandırmaya karar verdim ve ertesi gün sabah erken saatlerde Sonomura'nın *dağ malikânesine* gidip kapısına dayandım. Fakat orada beni daha derin hayrete düşürecek bir durumla karşılaştım, giriş kapısını açan ve misafir ağırlamakla yükümlü öğrenci-uşak alabros saçlı delikanlıydı!

O gün *Kurume-gasuri** tarzı astarsız *kimono* ve onun altına da *Kokura*† kumaşından bir *hakama*‡ giymişti. Evin sahibinin orada olup olmadığını sorunca nezaketle dizlerinin üstüne çöküp ellerini yere koyup eğilerek, "Evdeler efendim!" diye beni sevecen fakat aynı zamanda kaba saba ve sinsi bir sırıtışla selamladı.

Sonomura çalışma odasındaki masaya yaslanmıştı, epey canı sıkkın ve üzerine kasvet çökmüş gibi bir hâli vardı. Kimse bizi duymasın diye kapıyı arkamdan sıkıca kapattım ve kararlı adımlarla ona doğru yürüdüm:

"Hey, kardeşim, şu alabros saçlı delikanlıyı evine almışsın... Hayrola, ne anlama geliyo bütün bunlar?"

Böyle sert şekilde onu sıkıştırınca, "Hımm" dedi ve akabinde de yan gözle beni derinlemesine süzdü. Giderek daha huzursuz bir çehreye bürünüyordu. Muhtemelen sıkıştır-

---

* Kurume-gasuri (久留米絣): Japonya'nın Fukuoka Eyaleti'nin Kurume bölgesinde üretilen dayanıklı, pamuklu lacivert bir *kasuri*'dir. Kasuri (絣) ise kumaşta desen ve görüntü oluşturmak için özel olarak boyanmış liflerle dokunmuş kumaşa verilen addır. Bu Japonya'ya özgü geleneksel ikat boyama yöntemi bulanık, pastel veya fırça sıçratması motifleri sunar. *–çn*

† Kokura (小倉): Kuzey Kyuşu'ya özgü, dikey çizgilerin baskın olduğu yüksek nitelikli, sağlam pamuklu kumaş. *–çn*

‡ Hakama (袴): *Kimono* üzerine giyilen, belden ayaklara kadar uzanan kıvrımlı bir giysi. Şekil itibariyle bol bir pantolon eteği andırır. *–çn*

mama maruz kaldığından kendine öyle bir hava vermiş de olabilirdi.

"Öyle sus pus oturursan nasıl anlayacağım mevzuyu ya! O herif, öğrenci-uşak olarak evine yerleşmiş gibi görünüyo, yanlışım varsa söyle."

"Henüz kesin kararımı vermedim o konuda ama çocuk okul masraflarını ödemekte zorlandığından bir süreliğine tutmak niyetindeyim onu."

Sonomura, üşeniyor gibi bezgin bir edayla homurdana homurdana, isteksizce cevaplamıştı.

"*Okul masraflarını ödemekte zorlanıyo* mu? O herif herhangi bi' okula falan mı gidiyomuş ki?

"Hukuk üniversitesinde* öğrenciymiş."

"İyi de o öyle söyledi diye sen de inandın mı yahu? Hukuk üniversitesi talebesi olup olmadığını teyit ettin mi peki?" diyerek kınadım onu.

"Doğru mu yalan mı orasını bilmem; her halükârda kendisi hukuk üniversitesinin üniformasını taşıyor, dışarıda o kıyafetle dolaşıyor. Ayrıca Eiko'nun akrabasıymış, amcaoğluymuş dediğine göre. Kendini bana öyle tanıttığından, ben de bunu doğru kabul edip ona göre muamele ediyorum ona."

Sonomura sanki bunda garip bir şey yokmuş gibi lakayt cevap vermişti bana; fakat şöyle bir alıcı gözle baktığımda, daha ziyade canını sıkmışım da bana *gıcık* oluyormuş gibi bir hava sezinledim. Afalladığım için bir süre öylece dalgın dalgın bakakaldım ona. Fakat nihayetinde kendimi toparlayarak sesime de cesaretlendirici, *perderşahi* bir ton vererek,

---

* Hukuk üniversitesi (*hōkadaygaku*, 法科大学): Japonya'da hukuk eğitimi odaklı üniversitelere verilen ad. –*çn*

"Kardeşim, kendini bir an önce toplamazsan başını belaya sokacaksın bak!" dedikten sonra sırtına yüreklendirici bir tokat vurdum aniden.

"Sen bütün bu söylediklerinde ciddi olamazsın, di mi? O herifin ya da kadının her söylediğine inanmıyosun, di mi kardeşim?"

"Tamam da *onlar öyle diyosa öyledir* diye düşünmenin ne sakıncası var ki? İnsanların mahremiyetlerine, özel hayatlarına burnumu sokmamın ne gereği var! Her şeyden önce o insanlarla takıldığıma göre dediklerini öyle ya da böyle kabul etmem gerekmez mi hem?"

"Ya öyle diyosun da öyle çok fazla burnunu sokmasan bile oğlanla kadının tehlikeli tipler olduğunu, onlarla takılmanın ateşle oynamak olduğunu çoktan anlamış olmalısın. Eğer ben Eiko'ya abayı yaktım diyosan, o zaman, hadi kadından uzak durmasan bile, hiç olmazsa adama yaklaşmaman en tabii ve makul yol değil mi be kardeşim?"

Bunu söylediğimde Sonomura omuz silkip hiç oralı olmadı, sessizliğini korudu.

"Hişşt kardeşim bak, ben bugün sana son bi' nasihat vermek için geldim buraya. Geçenlerde o adamı Mitsukoşi'ye götürdüğünü gördüm ve belki sana bu davranışım işgüzarlık gibi gelecektir ama seni kaderine terk edemeyeceğimi düşünerek vakit kaybetmeden intikal ettim buraya. Eğer beni tek gerçek dostun olarak görme inceliğine sahipsen, yalvarırım sana, en azından o heriften uzaklaş."

"Yaa, o adamın ne kadar tehlikeli olduğunu ben de gayet iyi biliyorum. Fakat n'eylersin ki Eiko onu *eti benim kemiği senin* diyerekten bana emanet etti... Ben artık Eiko'nun sözlerine itaatsizlik edemem."

Bunları söyledikten sonra Sonomura merhamet dilenircesine başını önüne eğip bakışlarını yere indirdi.

"Senin için durum böyle olabilir belki. Fakat geçen gün de söylediğim gibi senin pervasızlığın yüzünden ateş bana da sıçrayabilir, beni de tehlikeye atarsın. O durumda sessiz kalamam ben. Hatta ve hatta başka çarem kalmazsa onları Emniyet'e ihbar bile edebilirim, bunu da böyle bilesin!"

Tepemin tasını attırdığını ayan beyan göstersem de Sonomura'da en ufak bir şaşkınlık belirtisi yoktu; bilakis garip şekilde dinginliğini koruyarak telkinde bulundu bana:

"İhbar etsen de polislere yakayı ele verecek göz yok onlarda; nihayetinde olan gene sana olur, seni gözlerine kestirirler. O durumda gene başı ağrıyan sen olursun... O yüzden öyle işlere hiç girme bence. Kaygılanmana hiç hacet yok. Hem benim de canım kıymetli, başımı belaya sokacak bi' şey demem onlara merak etme."

"Pekâlâ, anlaşıldı, ne kadar dil döksem de nasihatlerime kulak vermeyeceksin sen, di mi? Bu şartlarda, ben de kendi can güvenliğimi düşünmek mecburiyetinde olduğumdan, bundan böyle senden uzak duracağım; bunu anlayışla karşılayacağından hiç şüphem yok."

"Ya, n'apalım, artık bu konuda yapabileceğim bi' şey yok."

Sonomura'nın hiç de sarsılmış bi hâli yoktu; sadece ara sıra pek oralı olmadan, çaktırmadan beni süzüyordu...

Aşk için canımdan bile vazgeçeceğime göre sıradan bi' arkadaşıma aşkımı değişmem söz konusu bile olamaz.

Evet, Sonomura'nın o anki beni süzen bakışları böyle bir mânâyı ima eder gibiydiler.

"Peki, o hâlde, müsaadeni isteyeyim; rahatsızlık verdim.

Ee, n'aparsın, hanenle herhangi bi' işi olmayan bi' insan evladıyım artık."

Böyle kestirip atarak ivedi adımlarla kapıdan çıkmaya yeltendim; arkamdan izlemekle yetindi, durdurmak için en ufak bir harekette bulunmadı, pişkin bir dinginlikle, koltuğuna yaslanmış vaziyette uğurladı beni. Bu vesileyle Sonomura'ya küsmüştüm. Ama şundan emindim: müşkülpesent ve nazlı bir adam olduğundan, elbet bir gün kendini yalnız hissedecek ve şu ya da bu şekilde gelip özür dileyecekti. Beni kırdığı için pişmanlık duyacaktı. Böyle düşünerek, hiçbir şey yapmaksızın bir ay kadar bekledim fakat aynı sükût hâli devam etti, ne bir telefon geldi ne de bir mektup. O zaman öyle bir tatsızlık yaşandığı için epey darılmış, öfkelenmiş olsam da ona dargınlığım kalbimin derinliklerinden gelen bir şey değil, yüzeysel bir şeydi; o yüzden de ondan ne bir ses ne bir mektup gelince, akıbeti için duyduğum endişe içimi kemirmeye başladı.

Ulan bizim Sonomura öldürülmüş falan olmasın sakın! Kuyruklu ceketli adamın akıbetini mi paylaştı yoksa! Öyle bi' şey olmasaydı beni bu denli uzun süredir aramamazlık etmezdi asla!

Bu konu başından beri içime kurt düşürmüştü. İlaveten dostluğun haricinde bu konuya duyduğum merak da zihnimin köşesinde kalmıştı. Kendini "Eiko" adıyla tanıtan kadın ile o alabros saç tıraşlı genç adam ne hâldeydiler? Sonomura, o ikisinin perde arkasında çevirdikleri o esrarengiz dolapları biraz olsun çözebilmiş miydi acaba? Dört gözle beklediğim Sonomura'nın mektubunun sonunda bana ulaşması, eylül başında olmuştu.

Hımm, Üstat, dayanamadı herhalde.

Böyle düşünerek küs olduğum o adama yeniden bir şefkat besleyip onu sevimli bulmaya başladığımı hissetmiştim; alelacele zarfı mektup bıçağıyla keserek açtım. Ne var ki mektubun ilk satırı gözüme girer girmez benzim attı, sapsarı oldum. Niye diye sorarsanız, o ilk satırda şunlar yazılıydı:

SENDEN RİCAM ŞUDUR: ŞU ELİNDE TUTTUĞUN ŞEYİ BENİM NİHAİ MEKTUBUM VE VASİYETİM OLARAK OKU."

İlk şoku atlatınca tekrar okumaya koyuldum.

SENDEN RİCAM ŞUDUR: ŞU ELİNDE TUTTUĞUN ŞEYİ BENİM NİHAİ MEKTUBUM VE VASİYETİM OLARAK OKU. YAKIN ZAMANDA, HATTA MUHTEMELEN BU GECE ***EİKO İÇİN*** *ÖLDÜRÜLECEĞİM ÖNGÖRÜSÜ İÇİNDEYİM. GALİBA BU TİPLER, HANİ ŞU BİLDİĞİN YÖNTEMLERLE BENİM DE CANIMI ALMAK NİYETİNDELER. ÖTE YANDAN BU BENİM NE KADAR UĞRAŞSAM DA KENDİMİ SAKINAMAYACAĞIM BİR KADER VE ASLINI İSTERSEN BEN DE KADERDEN KAÇMA MEYLİNDE DEĞİLİM PEK. KISACASI ÖLECEĞİMİN KESİN OLDUĞUNU DÜŞÜNEBİLİRSİN.*

BU SÖYLEDİKLERİM SENİ ADAMAKILLI SARSACAKTIR. BENİM, NAÇİZANE, SERSERİ MAYIN MİSALİ YÖNÜNÜ KAYBETMİŞ, ZIRDELİCE HAREKETLERİME LÜTFEDER DE MERHAMETLE TEBESSÜM EDERSEN, BENİM YASIMI TUTABİLİR, ÖLÜMÜME TEESSÜR EDEBİLİRSİN.

LAKİN LÜTFEN BENDEN NEFRET ETME; EDİ-

YORSAN DA BU TUTUMUN ÜZERİNE YENİDEN DÜŞÜN. CANIM PAHASINA PEŞİNDEN KOŞTUĞUM GARABETLERE OLAN MERAKIMI, SALT MERAK OLARAK DÜŞÜNME. SON GÖRÜŞMEMİZDE SANA BARİZ ŞEKİLDE KABALIK ETTİM. O ZAMANKİ TUTUMUMA KARŞI BANA KÜSMEKTE YERDEN GÖĞE KADAR HAKKIN VARDI. DÜRÜSTÇE SÖYLEMEM GEREKİRSE O ZAMANLAR BEN EİKO'YU O KADAR ÇOK SEVİYORDUM Kİ HÂLİHAZIRDA ÖLÜM DÖŞEĞİNDE OLAN ŞAHSIMIN SON DOSTU OLAN SENİ KAYBETSEM DE HAYIFLANMAM DİYE BİR KARARLILIK İÇİNDEYDİM —EE NE DEMİŞLER AŞKIN GÖZÜ KÖRDÜR. HATTA VE HATTA, SENİN ÜSTÜNE VAZİFE OLMAYAN İYİLİKLER TASLAMANI VE DOĞRUCULUK YAPARAK HER ŞEYE BURNUNU SOKMANI İSTEMEDİĞİMDEN EVİME UĞRAMAMANI YEĞLİYORDUM BİLE. İŞTE O HALETİ RUHİYE İLE SENİ ÖFKELENDİRMEK İÇİN KASTEN KIŞKIRTTIM SENİ. BU YOLDA KENDİ CANINI HARCAMAKTAN BİLE SAKINMAYAN BİRİYDİM BEN, SENİNLE OLAN DOSTLUĞUMU HARCAMAKTAN SAKINMAMAM DA GAYET DOĞAL DEĞİL MİYDİ?

TÜM BUNLAR BENİM GÖZLERİMİ KÖR EDEN ÇILGIN AŞK MACERAMIN NETİCESİ OLDUĞUNDAN, LÜTFEN HAKKIMDA KÖTÜ BİR ŞEY DÜŞÜNME. BENİM ŞAHSİYETİMİ SENİN KADAR İYİ BİLEN AZDIR, O YÜZDEN O GÜNKÜ KABALIĞIMI AFFEDECEĞİNE CANI YÜREKTEN İNANIYORUM. SEN ÖTEDEN BERİ ZEKİ, MAKUL VE MERHAMET

DOLU BİR İNSAN OLDUĞUNDAN BU GECE TERKİ DİYAR *EYLEYECEK OLAN BANA ACIYACAKSIN MUHAKKAK. NİTEKİM İNSAN BİRİNE ACIRSA ONDAN NEFRET EDEMEZ TABİATIYLA. BÖYLE DÜŞÜNEREK ÖLÜME HUZUR İÇİNDE YÜRÜMEK NİYETİNDEYİM.*

AMMAVELAKİN NİÇİN ÖLMEK ZORUNDA OLDUĞUMU, OLAYLARIN NASIL BU NOKTAYA DEK GELDİĞİNİ, TAM DA BU DÜNYANIN UÇURUMUNDA, ÖBÜR DÜNYANIN EŞİĞİNDEYKEN, *ANA HATLARIYLA SANA RAPOR ETMEMİN VE SENİ LÜZUMSUZ ENDİŞELERİNDEN AZAT ETMEMİN GÖREVİM OLDUĞU KANISINDAYIM. BU MEKTUP VASITASIYLA İŞTE O GÖREVİMİ İFA ETMEKLE BİRLİKTE EN SEVDİĞİM AHBABIM OLAN SANA ÖLÜMÜMDEN SONRASINA DAİR BAZI RİCALARDA BULUNMAYI ARZU EDİYORUM.*

BUNDAN SONRA OLAYLARIN NASIL GELİŞTİĞİNİ YAZMAYA GİRİŞSEM, SONU GELMEZ, O YÜZDEN SADECE GELİŞMELERİN ANA HATLARINA DEĞİNMEKLE YETİNECEĞİM, KALANINI DA EKSERİYETLE SENİN TAHMİNLERİNE BIRAKACAĞIM.

VELHASILI KELAM, BENİ ÖLDÜRMEK İSTEMELERİNİN BAŞLICA SEBEBİ, EİKO İÇİN BENİM VARLIĞIMIN ARTIK BİR ENGELE DÖNÜŞMÜŞ OLMASI, ONA NE BİR HAZ NE DE MADDİ KAZANÇ SAĞLAYAMAZ OLMUŞ OLMAMDIR. BÜTÜN SERVETİMİ SON METELİĞİNE KADAR O KADINA KAPTIRMIŞ BULUNUYORUM SONUÇTA. KADININ

BENİMLE SAMİMİ OLMASININ SEBEBİ, EN BAŞINDAN BERİ AİLEMİN SERVETİNE KONMAK İSTEMESİYMİŞ. BEN DE ASLINDA HER ŞEYİN FARKINDA OLSAM DA ONA SIRILSIKLAM ÂŞIK OLDUĞUMDAN RAZI OLDUM BUNA.

İKİNCİ SEBEP İSE ONLARLA YAKINLAŞMA SÜRECİNDE SIRLARINI ÖĞRENMİŞ OLMAMDI. BENİ ÖLDÜRMEK İSTEMELERİNİN EN BÜYÜK SAİKİ DE BU TAHMİNİMCE. ONLARIN KENDİLERİNİ MÜDAFAALARI İÇİN BİR ENGEL TEŞKİL EDİYORUM, ARADAN ÇIKARILMAM İCAP EDİYOR.

BENİ ÖLDÜRME PLANLARINI NASIL SEZİNLEDİĞİMİ AYRINTILI OLARAK AÇIKLAMAMA GEREK YOK; ZATEN BU ZARFIN İÇİNE KOYDUĞUM İKİSİNİN ŞİFRELİ MEKTUPLARINI OKUMAN BUNU ANLAMAN İÇİN YETERLİ OLACAKTIR. BU ŞİFRELİ MEKTUPLARI DÜN GECE EVİMİN BAHÇESİNDE BULDUM; O YÜZDEN BUNLARIN EİKO İLE ALABROS SAÇ TIRAŞLI DELİKANLININ ARASINDAKİ GİZLİ İLETİŞİM OLDUĞUNA EN UFAK BİR ŞÜPHEM YOK. BUNLAR GEÇEN SEFER SANA ANLATTIĞIM ŞİFRELİ HARFLERİ KULLANARAK BANA DÜZENLEYECEKLERİ MÜSTAKBEL SUİKASTLE İLGİLİ İSTİŞAREDE BULUNUYORLAR. GEÇEN SEFER SANA ANLATTIĞIM DEŞİFRASYON YÖNTEMİNİ KULLANARAK TERCÜME EDERSEN, AYAN BEYAN ORTAYA ÇIKACAKTIR TÜM PLANLARI. UZUN SÖZÜN KISASI, BUNLAR BU GECE SAAT TAM 12:50'DE, YİNE VE YENİDEN AYNI YERDE VE AYNI YÖNTEMLERE MÜRACAAT EDEREK

CİNAYET İŞLEME NİYETİNDELER. ADET OLDUĞU ÜZERE KADIN BENİ BOĞARAK ÖLDÜRECEK, AKABİNDE CESEDİMİN FOTOĞRAFI ALINACAK. NİHAYET O İLAÇLA DOLDURULMUŞ LEĞENE YATIRILARAK ERİTİLECEĞİM. VE BÖYLELİKLE, YARIN SABAHA DEĞİN, BENİM ŞU NAÇİZ BEDENİM GÖLGESİYLE BERABER EBEDİYETE KADAR BU YERYÜZÜNDEN SİLİNMİŞ OLACAK. İŞİN ASLI ŞÖYLE BİR DÜŞÜNÜNCE, FELÇ GEÇİREREK ANİDEN ÖLMEKTEN, SAVAŞTA TOP MERMİLERİNİN İSABET ETMESİYLE PARAMPARÇA OLUP ZERRELER HÂLİNDE ETRAFA DAĞILMAKTAN ÇOK DAHA İNSANA FERAHLIK VEREN BİR ÖLÜM ŞEKLİ BU. SÖYLEMEYE NE HACET, BUNU YAPANIN CANIMI UĞRUNA FEDA ETTİĞİM KADIN OLMASI DA CABASI BE KARDEŞİM! BİNAENALEYH, BEN HAYATIMIN BU ŞEKİLDE SONLANMASINI, HİÇ MÜBALAĞASIZ, BUNDAN DAHA BÜYÜĞÜ OLAMAYACAK DERECEDE BÜYÜK BİR SAADET TELAKKİ EDİYORUM.

LAKİN EİKO'NUN BENİ SUİTENGŪ'NUN ARKA SOKAKLARINA NASIL GÖTÜRMEYİ TASARLADIĞI KONUSUNDA HİÇBİR BİLGİM YOK; BUGÜN EİKO İLE İMPARATORLUK TİYATROSU'NDA BİR TEMSİL İZLEMEYE GİDECEĞİZ, BELKİ DE ORADAN DÖNÜŞ YOLUNDA BİR ŞEKİLDE KANDIRIP BİR PUNDUNA GETİRİP MALUM YERE KAÇIRACAKLAR BENİ. TAKRİBEN BÖYLE OLACAĞINI TAHMİN EDİYORUM.

FETİŞİSTÇE MERAKIM İLK BAŞTA SADECE

ONUNLA YAKINLAŞMA İSTEĞİMDEN İBARETTİ. NE VAR Kİ GELİNEN AŞAMADA TÜM VÜCUDUMU, YANİ CANIMI KURBAN ETMEZSEM İÇİNDEN ÇIKAMAYACAĞIM BİR YILAN HİKÂYESİNE DÖNÜŞTÜ BU İŞ.

CANIM İÇİN HAYIFLANIYOR OLSAYDIM, BU GECE VUKU BULACAK KADERİMDEN KENDİMİ SAKINMAK İÇİN İLLAKİ BİR YOL BULABİLİRDİM ELBETTE. FAKAT BÖYLE BİR ŞEY YAPMAYA HİÇ Mİ HİÇ NİYETİM YOK. KALDI Kİ ONLAR BENİ GÖZLERİNE KESTİRDİĞİNE GÖRE BU GECE YAKAYI SIYIRSAM DA UZUN VADELİ OLARAK EMNİYETTE OLMAM HİÇ DE MÜMKÜN GÖZÜKMÜYOR. HER HALÜKÂRDA, ŞUNU BİL Kİ BU GECE VUKU BULACAK KADERİM, YANİ ÖLÜMÜM UZUN ZAMANDIR ÜMİT ETTİĞİM BİR ŞEYDİ.

AMA İÇİNİ RAHATLATMAK İÇİN ŞUNU BİLHASSA BİLMENİ İSTİYORUM: SIRLARININ BİR KISMININ ÇAKILDIĞINI İÇTEN İÇE HİSSETSELER DE SENİNLE BERABER ONLARI KEPENKTEKİ GEDİKLERDEN DİKİZLEDİĞİMİZİ DE ŞİFRELİ İLETİLERİNİ ELİMİZE GEÇİRİP DEŞİFRE ETTİĞİMİZİ DE HALEN ANLAMIŞ DEĞİLLER. EN AZINDAN SIRLARINA VAKIF OLAN BENDEN BAŞKA BİR ŞAHIS BULUNDUĞU, BUNUN DA SEN OLDUĞUN KONUSUNDA ZERRE FİKİRLERİ YOK. O YÜZDEN BENİM KATLEDİLMEMİN ARDINDAN TUTUP DA ONLARIN SUÇLARINI İFŞA ETMEK GİBİ ALENGİRLİ FİİLLERE GİRİŞMEDİĞİN SÜRECE, SENİN KONUMUN MUTLAK SURETTE GÜVENLİ KALA-

CAKTIR. BU MEKTUBUN ZARFININ İÇİNDE MAZRUF BULUNAN ŞİFRELİ MESAJLI KÂĞITLARI DA BENDEN YADİGÂR HATIRALAR OLARAK MUHAFAZA ETMENİ RİCA EDECEĞİM. BU KÂĞITLARI DELİL OLARAK KULLANARAK ONLARA DAVA AÇMAK GİBİ PERVASIZ VE UÇARI HAREKETLERE GİRİŞMEK AKLINA GELSE BİLE, İYİCE DÜŞÜNÜP AKLINI BAŞINA DEVŞİREREK BUNDAN İMTİNA ETMENİ İSTİRHAM EDİYORUM. ELBETTE BEN DE SENİN YAŞAYABİLECEĞİN MÜSTAKBEL BELALARI GÖZ ÖNÜNDE BULUNDURARAK O GEDİKTEN DİKİZLEME OLAYINI SON NEFESİME KADAR DIŞARI SIZDIRMAMA KARARLILIĞINDAYIM. AYRICA ELİMDEN GELDİĞİNCE, O KADININ ITIRLI ŞEHEVİ CAZİBESİYLE YOLUNU KAYBEDİP NİHAYET ONUN OYUNUNA GELEREK ÖLMÜŞ BİR KİŞİ OLDUĞUMU EİKO'YA İNANDIRMAK NİYETİNDEYİM. ONA ÂŞIK, HATTA ONA TAPAN BİRİ OLARAK BU ŞEKİLDE YAPMAM GEREKTİĞİNİ, BÖYLELİKLE FAZLASIYLA NAZİK VE **FAITHFUL*** *GÖRÜNECEĞİMİ ZANNEDİYORUM.*

BU DURUMDA SENDEN TEK RİCAM ŞU: BU GECE 12.50'DE LÜTFEDİP SUİTENGŪ-ÖNÜ İSTASYONU'NUN ARKA SOKAKLARINDAKİ O EVE GİZLİCE GELİP YİNE GEÇEN SEFERKİ GİBİ PENCERE KEPENGİNDEKİ GEDİKTEN "BENİM SONUM"U İZLER MİSİN? BU FANİ DÜNYADAN NASIL SİLİNİP GİTTİĞİMİ, SAKLANDIĞIN KUYTU GÖLGEDEN İZLEYİP TAHLİL ETME NEZAKETİN-

* Güvenilir, itimat edilir anlamında. Özgün metinde de İngilizce. *–çn*

DE BULUNUR MUSUN? DAHA EVVEL DE SÖYLEDİĞİM GİBİ ELİMDE AVUCUMDA NE VARSA EİKO ALDI; BU DÜNYAYA MİRAS BIRAKACAK SERVET BİR YANA, TEK METELİĞİM BİLE YOK, OLSA DA BUNLARI YADİGÂR BIRAKABİLECEĞİM NE BİR ÇOCUĞUM NE DE TORUNUM VAR... ÜSTÜNE ÜSTLÜK, SENİN GİBİ BİR EDİP OLMADIĞIMDAN SANATSAL YAZILARIM DA YOK. SON ARTA KALACAK ŞEY OLAN CESEDİM DE O İLAÇLA ERİTİLİNCE, BİR ZAMANLAR BU FANİ DÜNYADA VAR OLMUŞ TÜM İZLERİM, ARDINDA NE BİR GÖLGE NE DE BİR ŞEKİL BIRAKACAK. BENİM BİR ZAMANLAR BU DÜNYADA YAŞAMIŞ OLDUĞUM HAKİKATİ, ARTIK SADECE SENİN KAFANDA BİR HATIRA OLARAK KALACAK. BUNLARI DÜŞÜNDÜĞÜMDE, AZ BİRAZ YALNIZ HİSSEDİYORUM KENDİMİ. HİÇ OLMAZSA BENİM BU HAYATTA BIRAKACAĞIM İNTİBA VE HİSLERİ BİRAZ DERİNLEMESİNE SENİN KAFANA İŞLEMEK ARZUSU İÇİNDE OLDUĞUMU DUYUYORUM KALBİMDE. BUNU YAPMANIN EN İYİ YOLU DA "ÖLÜM MANZARAM"I SANA İZLETMEK. O GEDİKTEN BENİ DİKİZLEME LÜTFUNDA BULUNACAĞINI DÜŞÜNÜNCE GÖNÜL RAHATLIĞIYLA GÖZÜM ARKADA KALMADAN ÖLEBİLECEĞİMİ SEZİYORUM. ŞİMDİYE DEĞİN ZIRT PIRT BENCİLLİKLERİMLE, HAYTALIKLARIMLA SANA TÜRLÜ ZAHMETLER, EZİYETLER VERMİŞ BİRİ OLARAK, GİDERAYAK BÖYLE BİR RİCADA BULUNDUĞUM İÇİN YİNE-YENİDEN YÜZSÜZ VE ŞIMARIK BİR HERİF OLDUĞUMU DÜŞÜNEBİLİRSİN.

HİÇ DE ÖYLE BİR NİYETİM OLMADIĞINI, BUNUN BAŞKA HAYIRLARA VESİLE OLACAK BİR ŞEY OLDUĞUNU ANLAMA NEZAKETİNDE BULUNURSAN, FAZLASIYLA BERHUDAR EDERSİN BENİ. O YÜZDEN BENİ KIRMA VE LÜTFEDİP RİCAMI YERİNE GETİR!

ÖLMEDEN ÖNCE SENİ SON BİR KEZ DAHA GÖRMEK, SENİNLE KONUŞMAK İSTERDİM AMA SON ZAMANLARDA O KADINLA ADAM SÜREKLİ ETRAFIMDALAR, O YÜZDEN ELİME KALEMİ ALIP ŞU MEKTUBU TAHRİR ETMEK BİLE KOLAY OLMADI. BU MEKTUP KAZASIZ BELASIZ ELİNE ULAŞIR MI, BU GECE 12.50'DEKİ RANDEVUNA YETİŞEBİLİR MİSİN DİYE İÇİM İÇİMİ YİYOR, AKLIM ÇIKIYOR.

SONRACIĞIMA, BİR TANE DAHA ÇOK MÜHİM BİR DİLEĞİM VAR: ŞU BENİM NAÇİZ CANIMI KURTARMAK GİBİ NAZİKÂNE DÜŞÜNCELERE KAPILMA LÜTFEN. KADININ BENİ ÖLDÜRMESİNİ, TANRI'DAN NİYAZ EDERCESİNE DİLİYOR OLMAM, KATİYEN ERKEKLİĞE BOK SÜRDÜRMEK İSTEMEMEMDEN FALAN KAYNAKLANMIYOR. ŞAYET BENİ KURTARMAK YOLUNDA, "VAZİYETTEN VAZİFE ÇIKARIP" LÜZUMSUZ HOPLAYIP ZIPLAMALAR VE MÜDAHALELERDE BULUNURSAN, ŞUNU BİLESİN Kİ SAİKİN VEYA GEREKÇEN ARAMIZDAKİ KADİM DOSTLUK BİLE OLSA BENİ KURTARDIĞIN İÇİN, BİLAKİS SANA FENA HÂLDE DARILMAKTAN KENDİMİ ALAMAM. İŞTE O ZAMAN SANA GERÇEKTEN KÜSER VE EBEDİYYEN SENİNLE TÜM İLİŞKİMİ

KESERİM. ZİRA ŞÖYLE DÜŞÜNÜRÜM O TAKDİRDE: MADEMKİ DOST BİLDİĞİM "TAKAHAŞİ" BENİM MİZACIMI VE HİSSİYATIMI ANLAMA LÜTFUNU GÖSTEREMEYEN BİR İNSAN, ÖYLEYSE ONUNLA DOSTLUK ETMEMİN GEREĞİ YOK.

**

Sonomura'nın mektubu tam burada, makasla *PIT* diye kesilmişçesine bitiyordu. Mektup tam da o günün akşamında gelmişti evime.

Peki o akşam ne mi yaptım? Dostumun bu pek mühim ricasını görmezden gelerek, onu bir an evvel bu melun haydut şebekesinin pençesinden kurtarmak için Emniyet'e ihbarda mı bulundum? Ya da onun beklentisine uyup gidilebilecek en nihai noktaya dek giderek vazifemi ifa mı ettim? Elbette ikinci şıkkı seçmekten başka çarem yoktu.

O gece, geçen seferkiyle aynı gedikten bakınca gördüğüm manzarayı, burada baştan sona tüm teferruatıyla anlatacak cesareti kendimde bulamıyorum. Evet, belki de aynı menfur, aynı zalimâne sahneydi fakat geçen seferki kurban benimle en ufak ilgisi olmayan kuyruklu ceketli adamken, bu sefer en iyi dostumun hunharca katledilişine bütün o itici canlılığıyla şahit olmuştum. Bunu bütün ayrıntısıyla tasvir edecek dinginliği kendimde nasıl bulabilirdim ki?

Geçen sefer beni oraya götüren Sonomura'ydı ve karanlık sokaklarda oradan oraya sürükleyip durmuştu beni; o yüzden de evin hangi yönde olduğunu unutmuştum. Evin yerini bulmak için tüm gün boyunca o sokaklar kazan ben kepçe dolaşmam gerekmişti. Nihayet evi bulduğumda cinayet saati olan 12.50'ye beş-altı dakika kalmıştı. Söylemeye gerek yok, balık pulu şekilli nişan o gece de kapının üzerine yerleştirilmiş vaziyetteydi. Zaten işaret orada olmasaydı o evi bulamazdım galiba.

Böylelikle kadının Sonomura'yı boğarak öldürme anından fotoğrafının çekilip leğene atılmasına kadar her şeye teker teker tanık oldum. Daha önceki olayda faillerin de kurbanın da sırtı bize dönüktü ama bu sefer failler yüzlerini gediğe doğru dönmüşlerdi; hatta, adeta cinayeti rahatça temaşa edebileceğim pozlara bürünüyorlardı. Sonomura'nın gözbebekleri, bedeni bir cesede dönüştükten sonra bile sabit şekilde ve sertçe beni süzüyor gibiydiler.

Kadın boynuna bürümcük kumaşından kuşağı dolayınca, Sonomura'nın can havliyle debelenmeye başlayışı... Artık son nefesini vermek üzereykenki o ağır, ızdırap dolu, olağanüstü derecede hazin iniltisi... Tam bunlar olurken, Eiko'nun, yanaklarının rengine bürünmüş soğuk tebessümü... Alabros saç tıraşlı delikanlının zalimâne alaycılığını içeren bembeyaz göz yuvarları... Tüm bunların beni ne kadar dehşete düşürdüğünü hayal gücünüze bırakmaktan başka bir şey gelmiyor elimden. Cesedin fotoğraflanması, ilacın hazırlanması ve diğer her şey öncekiyle tıpatıp aynı sırayla icra edildi. Ve nihayet Sonomura'nın insanın yüreğini parçalayan, ruhunun terk etmiş olduğu cansız bedeninin garbi banyo küvetlerini andıran leğene daldırılışı esnasında işittiğim şu sözler:

"Ay bu herif de Matsumura Bey gibi sıska; kolayca erir gider..."

Böyle söylemişti Eiko.

"Ne talihli adam! Âşık olduğu kadının kendi elleriyle canını alması en büyük muradı değil miydi sonuçta?"

Bunları söyleyen alabros saçlı delikanlı kısık sesle alaylı alaylı güldü.

Onlar ışıkları söndürünceye kadar bekledim; söndürdüklerinde parmaklarımın ucunda oradan tüydüm. Akabinde, gördüklerimin sarsıntısını atlatamamış bir vaziyette Ningyo-çō Mahallesi'nden Bakuro-çō Mahallesi'ne kadar yayan gittim.

Ne yani, sonu muydu bu Sonomura'nın? Birinin sonunun gelmesi bu kadar basit mi ya?

Böyle şeyler düşünüyordum. Fakat hissettiğim şey üzüntüden ziyade şahit olduğum ani sonlanma durumundan ötürü bir nevi hüsrandı. Daima başına buyruk, inatçı, biraz da *gıcık* bir adam olan dostumun ölüm şekli bile yamuk yumuk olmuştu. Şimdi onun o uçuk kaçıklıkları bile ihtişamlı ve kahramanca geliyordu.

Derken olaydan sonraki ikinci günün sabahı biri bana postayla bir fotoğraf gönderdi. Zarfı açtığımda gördüğüm fotoğraf hiçbir kuşkuya yer bırakmayacak şekilde evvelki akşam çekilen Sonomura'nın cansız yüzüydü. Elbetteki gönderenin adı madı yazmıyordu.

Fotoğrafın arkasına baktığımda, hiç tanımadığım birinin el yazısıyla tahrir edilmiş aşağıdaki uzun iletiyi gördüm.

"EFENDİM, BİZLER ZATI ÂLİNİZİN SONOMURA'NIN YAKIN DOSTU OLDUĞUNUZU İŞİTTİK VE BU FOTOĞRAFI ONDAN YADİGÂR OLARAK SİZE HEDİYE EDİYORUZ. ZATI ÂLİNİZ, SONOMURA'NIN TUHAF BİR ŞEKİLDE SIRRA KADEM BASMASINA DAİR MUHTELİF İHBARLAR ALMIŞ OLABİLİRSİNİZ. NE VAR Kİ BU YÜREK PARÇALAYAN FOTOĞRAFI GÖRDÜYSENİZ, BU KAYBOLMA OLAYININ ETRAFINDAKİ SİS PERDESİ DAĞILMIŞ VE ZİHNİNİZDE OLAY DAHA

BİR AÇIKLIK KAZANMIŞ OLSA GEREK. HER HALÜKÂRDA SONOMURA BEY .... AYININ .... GÜNÜNDE, ... ADLI YERDE GAYRİTABİİ ŞEKİLDE TERKİ DİYAR EYLEMİŞTİR.

AYRICA BİZ, SONOMURA'NIN VASİYETNAMESİNİ EMANET ALMIŞ BULUNUYORUZ. VASİYETNAME ŞİBAYAMA'DAKİ EVİNİN ÇALIŞMA ODASINDA, MASASININ ÇEKMECESİNDEDİR; AZ BİR MEBLAĞ DA OLSA BİR MALİ BİRİKİMİ MEVCUT OLDUĞUNDAN BU MEBLAĞI ZATI ÂLİNİZİN HÜRCE KULLANMASI DİLEĞİNDEYİZ. MEVTA NİHAİ KADERİNİN KAÇINILMAZLIĞINI İDRAK ETTİĞİNDE BİZE BÖYLE TEMBİH ETTİĞİNDEN BİZLER DE BUNU ZATI ÂLİNİZE AKTARMAKLA MÜKELLEFİZ.

BİZ SİZİN ŞAHSİYETİNİZE İTİMAT EDİYORUZ. ŞAYET, ZATI ÂLİNİZ DE GAFLETTE BULUNUP BİZİM BU İTİMATIMIZA İHANET ETMEDİĞİ SÜRECE SİZE HİÇBİR ZORLUK ÇIKARMAYACAK KİŞİLER OLDUĞUMUZU BURADA ÖZELLİKLE İLAVE ETMEK İSTERİZ EFENDİM."

Bu notu okur okumaz fotoğrafı masamın üstündeki *evrak kutusu*nun içine sakladım ve kimse görmesin diye kutuyu kitleyip derhal Sonomura'nın Şiba'daki evine doğru yola çıktım. Oraya vardığımda bir de ne göreyim: Sonomura'nın malikânesinin girişinde yine aynı alabros saçlı delikanlı, öğrenci uşak olarak kapıya çıkmasın mı! Daha bir şey söyleyemeden alelacele evin iç kısmında bulunan çalışma odasına götürdü beni. Orada da beni hayrete düşürecek bir manzarayla karşılaştım: çalışma odasının orta yerinde sallanan koltukta evvelsi gün suikaste kurban gitmiş olması gereken Sonomura oturuyor ve sakin sakin sigarasını tüttürüyordu! *Bu ne lan* diye bir şaşkınlık geçirdim ve içimden ona küfürler, beddualar ettim:

Lanet olası seni! Adın batsın Sonomura! Bu kadar zaman işlettin beni demek!

Aklımdan geçen bu düşüncelerin ardından kararlı, kendimden emin adımlarla yanına gittim:

"Hayrola kardeşim ya, ne halt ettiğini sanıyosun sen? Şimdiye dek tüm olanlar yalandı, di mi? Ben işletildiğimin farkında olmadan nasıl endişelendim, nasıl ecel terleri döktüm haberin var mı senin?"

Bunları söyledikten sonra yüzünde delik açacak denli sert bir nazarla suratına baktım dik dik. Muhatabım yabancı biri olsa, daha fazla esip gürlerdim ama Sonomura olunca bundan fazla paylamak olmazdı.

"Yaa sana çok ayıp ettim, kusura kalma..."

Sonomura uzaklardaki bir noktaya dalmış hâlde ağzını açmış ve ağır ağır bu sözleri söylemişti. Kasvet gölgesi düşmüş çehresinde, "Nasıl da kandırdım seni ama" gibilerinden bir ifadeden eser yoktu.

"İşletildiğin su götürmez. Fakat bu mevzuda başından beri kandıranın ben olduğumu sanmayasın. İlk yarıda Eiko beni işletti, ikinci yarıdaysa ben seni işlettim. Dahası eğlenip kendimi avutmak için işletmedim seni, bu noktayı anlamanı özellikle istiyorum."

Bunları söyledikten sonra, beni işletmesinin sebebini anlattı:

Eiko denen kadın, bir zamanlar *falanca* tiyatro kumpanyasında oyuncu olarak çalışmış; bilhassa simasal ve bedensel güzelliği, bir de sıradışı zekâsı sayesinde bir süre tutunmuş o işte. Fakat doğuştan ahlak ve edep düşmanı olması, üstelik nemfomanlık derecesinde zalimâne cinsel tutkulara sahip olması sebebiyle topluluktan aforoz edilmiş; akabinde bir serseri ergen çetesinin içinde bulmuş kendini. O dönemde de bilhassa hâli vakti yerinde gibi görünen adamlara dadanıp onları dolandırmayı alışkanlık edinmişmiş. Fakat sonra, evvelden Sonomura'nın malikânesinde öğrenci-uşaklık yapmış olan bir gençle tanışmış. Bu genç sonradan yoldan çıkmışmış. Serseri olunca da Eiko ile tanışmışlar. Genç adam, Eiko'ya sıklıkla Sonomura'dan bahsetmiş. Sonomura'nın zengin olduğundan, aylak olduğundan, öteden beri sıradışı kadınlara ilgi duyan acayip şeylere meraklı bir fetişist olduğundan bahsetmiş. Huysuz olsa da az biraz kaçık bi' mizaca sahip olduğunu, bu yüzden de âşık olduğu için sadece tüm servetini değil, canını bile gözünü kırpmadan feda edebileceğini, bu yüzden de Eiko'nun bilgeliğini ve güzelliğini kullanarak adamı rahatlıkla kandırıp yolmakta muvaffak olabileceğini de sözlerine eklemiş. Sonra da şöyle bir tavsiyede bulunmuş kıza:

Sana öyle bi' ketenpere planı önereceğim ki keriz hem sana ilk görüşte vurulacak hem de fena hâlde oltaya gelecek; mutlaka dene bunu bak!

Sonomura'nın, şifreli mesajın yazılı olduğu kâğıt parçasını bulduğu sinemadaki olaydan Suitengū'nun arka sokaklarındaki salaş, ince uzun yapılı müstakil evde kuyruklu ceketli adamın öldürülmesine kadar olan hadiselerin tümü Eiko'nun, arkadaşı olan adamı kullanarak, S. adlı kişinin kotardığı plan bünyesinde gerçekleşmiş; Sonomura'yı evin kepengindeki o gediğe getirmek içinmiş tüm bunlar. Keza şifreli karakterlerden oluşan metin S.'nin biraz da eğlenmek için hazırlardığı bir şeymiş, alabros saçlı genç onu Sonomura'nın alması için kasten düşürmüşmüş. İnsan vücudunu erittiğini söyledikleri mavi ve mor kimyasallardan oluşan ilaç çözeltisi de elbette palavranın daniskasıymış; kuyruklu ceketli adam ölü taklidi yapmış sadece. Orada konuşurken zikrettikleri *"MATSUMURA BEY"* ibaresi de kadının tesadüfen gazetede gördüğü Matsumura *Şişaku* Hazretleri olayını hatırlayarak maharetle kendi ketenperelerine uyarlamasının bir sonucuymuş. Sonomura'nın ilgilerini, hobilerini, huyunu suyunu fevkalade iyi idrak etmiş olmasının da sayesinde S.'nin oyunu, hedefi tam on ikiden vurmuş ve Sonomura şimşek hızıyla Eiko'nun cazibesine kapılarak onun hipnotik tesiri altına girivermiş.

Velhasılı kelam, bu noktaya kadar Sonomura, Eiko tarafından işletilmişti, bundan sonra da ben Sonomura tarafından işletilmiş oluyordum.

Sonomura, Eiko ile samimileşip aşna fişne olduktan kısa bir süre sonra kandırıldığına aysa da bu kadar ince bir planla bir adamı kandırabilme kabiliyetine ve acayip işler fetişizmine kendisinden geri kalmayacak denli güçlü merakına hayran kalmış, tüm bunlar onu daha ziyade sevindirmiş.

Sonomura'nın Eiko'ya olan tutkusu ve bağlılığı daha da artıyormuş gitgide. İşletildiğinin farkında olsa bile o gece, o arka sokaktaki gedikten gördüğü manzaranın dümen olduğuna inanası gelmiyormuş bir türlü. Kendisi de ne yapıp edip o kuyruklu ceketli adam gibi Eiko'nun elinden ölmek istemeye başlamış. Bu arzunun içinde buram buram kaynamasına bir türlü engel olamıyormuş. Bu koşullarda

Eiko'nun ipli kuklası gibi bir şey olmuş, o ne isterse yapmış. Para ya da eşya, her istediğini vermiş. Nihayet şunları söyleyecek safhaya kadar gelmiş:

"Tüm servetimi son meteliğine kadar sana veririm, ama yalvarırım sana, beni kendi ellerinle, geçen sefer o adama yaptığın gibi öldür. Senden tek muradım budur."

İşte böyle, hararetli hararetli yalvarmış kadına. Ne var ki Eiko her ne kadar uçuk kaçık şeylere meraklı bir serseri genç kız olsa da bu ricayı onaylaması mümkün değilmiş.

"Öyleyse beni öldürüyormuş taklidi yap lütfen. O *Ölüm Manzaramı* arkadaşıma göstermek istiyorum."

Bu şekilde bir ricada bulunmuş Sonomura. Düşünüyorum da Sonomura'nın böyle zırvalıklara girişmesi, sadece meraktan falan değildi; onun kendisine özgü sıradışı cinsel dürtüleri de bu sürece dâhil olmuş olsa gerekti. Buraya kadar aktardıklarımı anlattıktan sonra şunları ekledi:

"Bu kadar dil dökmemden artık işin özünü anlamışsındır. Sırf seni işletmek için girişmedim böyle bi' işe. Sonomura adlı insanın, o kadın tarafından öldürülmesi olgusunu ben de mümkün mertebe seninle aynı derecede ciddiye almak, buna inanmak istedim. Eğer tekrar o gedikten bakmanı sağlarsam, geçen sefer yaşadığımız tecrübenin yarattığı o gergin ruh hâli ve *Ölüm Manzarası* tüm sahiciliğiyle gerçekliğe yaklaşır diye düşündüm. Zaten yeterki Eiko istesin, istediği anda kurban olurum ona, ölürüm onun için."

Sonomura bunları söyledikten sonra nihayet kapının dışından hafif bir terlikle yürüme sesi geldi, hemen akabinde de Eiko girdi içeri. Art arda çevirdiği birçok dolapta kullanmış olduğu bürümcük kumaşından kuşağı iki elinde tutmuş sallayarak, benimle tanıştırılmak istiyormuş gibi bir edayla odadaki iki adamın (yani Sonomura ile benim) arasında dikildi. Hiç de utanıp sıkılıyormuş gibi bir hâli olmayan kadın usulca gülümsedi bana...

SON